石原吉郎の位置

新木安利

海鳥社

石原吉郎の位置◉目次

凡例

石原吉郎の引用は『石原吉郎全集』による。Ⅰは詩集、Ⅱは散文集、Ⅲは句集・歌集・対談集・書簡・年譜など。Ⅰ、Ⅱ、Ⅲと表示した。

引用の旧漢字は新漢字になおした。

年号の表記は、引用はそのままにし、著者の表記は戦前は和暦表記を原則とし、適宜西暦を補った。戦後は西暦表記を使用した。

石原吉郎の位置

一、石原吉郎の生涯

まず、石原吉郎の「自編年譜」（一九一五〜一九五三年分。『海を流れる河』所収。『石原吉郎全集第Ⅲ巻』）、大西和夫・小柳玲子編「年譜」（一九五四年〜一九七九年。『全集第Ⅲ巻』）、「随想」（『一期一会の海』所収）、「私の詩歴」（『断念の海から』所収）、などによって、石原吉郎の生涯のアウトラインをたどってみる。

［一九一五年（大正4年）／静岡県伊豆土肥村に生れる。父は夜間工業出の電気技術者。母は二児を生み死去。東北農家出の継母に育てられる。父は転職の関係で、東京、福島、新潟などを転々し、一九二六年（大15年）東京府下におちつく。爾後十年ほど父の半失業状態つづく」

（「自編年譜」Ⅲ。以下全集巻名はⅠ、Ⅱ、Ⅲで示す）

石原はなぜか、自ら編んだ年譜に、生れた月日、父、母、弟、継母の名前を書き込んでいない（後述のように、家族と切れていたからであろうか）。大正四（一九一五）年一一月一一日、石原吉郎は伊豆半島西岸の田方郡土肥《とい》村（現伊豆市）で生れる。父は稔、母秀は二人の兄弟（吉郎と健二）を生み、大正八年、二七歳で死去（吉郎は三歳）。二人は継母いくに育てられた。その詳細は明らかではないが、母子関係はしっくりとはいかなかったようだ。

昭和三（一九二八）年、攻玉社中学（東京）に入学、途中一年足らずの間、父の転勤のため新潟中学に転校、後復校。［上級になるころ奇妙に修身（倫理）に関心をもつ］。

昭和八年（一八歳）、東京高等師範を受験し、不合格。家庭の中のごたごたがいやで、睡眠薬を飲み自殺を図る。

［それを気付かれちゃって病院に入れられ、薬を吐かされて、しばらく軟禁状態だったのですが。一週間ぐらいしてやっとうちの人の目を盗んで、近くの森へ行ったのです。ちょうど五月だったのですが、そのときの緑の美しさというのは、今でも覚えています。自然てこんなに美しいものかと思ってね、ため息が出てしようがなかったですね、ああいう経験は一回しかしていませんけれど。たぶん一回死んで生き返った人がはじめて見る自然というのはそういうものじゃないかと思うのですがね。緑が美しかったこと、今でも覚えていますね」　（大岡昇平との対談「極限の死と日常の死」『終末から』一九七四年六月、Ⅲ）

継母に育てられたということは、石原の場合、生母との間に育ったはずの人間関係のおおらかさ、自然（性）、基本的な安心感を失ったというに等しい。自分が誰か分からなくなったのであろう。修身に関心があったというのは、別に天皇制道徳にひかれたということではない。哲学・倫理（学）に関心を持つということは、人間としていかに生きるべきかを煩悶し探求したということである。失った自然（性）、自分が自分であることを、意志的に再構築しなければならなかったということである。そして自殺を図ったことがあるということは、自然にも、人為にも絶望したということである。幼少年期の育ちの不自然さから、世界のありのままをみとめず、本当はもっと良い世界があるはずだと考え、意志的に、自分の居場所を求めてさ迷い始め、それに失敗したということである。ここに既に石原の原形がある。彼は哲学青年であった。彼は既にペシミストであった。

翌九年も東京高等師範学校を受験したが失敗、東京外語専門学校（現・東京外国語大学）ドイツ部貿易科に入学。

昭和一〇年、河上肇『第二貧乏物語』をきっかけに、マルクス主義文献を読みあさる。エスペラントにも関心を持つ。

昭和一二（一九三七）年、北條民雄（大正三年〜昭和一二年）の『いのちの初夜』と手記を読み、「癩を病む人である限りは逃げられない、逃避もできない、そしてそれに真正面からぶつかっていくしかない」人間の生き方（石原「随想・受洗に至るまで」Ⅱ）に、それまでの価値観を顛倒してしまうほど強烈な衝撃を受けた。「いのちの初夜」には、「……癩者に成り切って、更に進む道を発見して下さい。……苦悩、それは死ぬまでつきまとって来るでせう。でも誰かが言ったではありませんか、苦しむためには才能が要るって。苦しみ得ないものもあるのです」という一節がある。石原のそれまでの価値観というのは、自殺未遂まで起こしたペシミズムということであろう。苦悩を引き受けるという姿勢は、以後石原の従軍時、抑留時、帰国後においても、一貫して見られる姿勢である。石原には「苦しむ才能」があった。

東京外語では文芸部委員となり、校友会雑誌『炬火』二五号の編集にあたる。石原は文学青年だった。七月七日、盧溝橋事件（日中戦争始まる）。

昭和一三年、東京外語卒業。大阪ガスに入社。初めて伊豆に帰り、修善寺で徴兵検査を受け、第二乙種。石原は戦争で死ぬことを予想し、その不安から哲学、宗教に近づく。シェストフの『悲劇の哲学――ドストエフスキーとニーチェ』や、ドストエフスキーの『地下生活者の手記』や『罪と罰』などを読む。またカール・バルト（一八八六〜一九六八）の『ロマ書』を読み、弁証法神学にひかれる。『ロマ書』とは『バルト神学要綱・ロマ書』のことで、新約聖書の、パウロが書いた「ローマの信徒への手紙」の解説というか、バルト神学のエッセンスが詰まった本である。一九一八年第一版が出て「二一年にすっかり書き改められて以後変化なく、二九年に五版を出している」」（訳者「序」）。丸川仁夫が三三年に翻訳出版した。石原はこの本に大きな影響を受けている（後述）。

「その頃は支那事変が始まったばかりの時期で、なによりも私はもうじき戦争に行って、へたをすると死ぬかもしれないという考えに、しょっちゅうおびえていた。そして何よりも、そんな臆病な、気の弱い自分を嫌悪していたのだ。私は一夜にして深い感動が私をおそって、自分を生死を超越した男に作りかえてくれることだけを期待して、教会へ行ったような気がする。そんなことが目的なら、もっと別の場所があったはずだ。だから私は、よしんば洗礼を受けたにせよ、教会からなんの影響も受けはしなかった。しかし私は教会が私の期待していたものを与えてくれなかったといって、決定的にそこを離れるということもなかった」

（「ノート」一九五七年三月二日『日常への強制』『望郷と海』Ⅱ）

たまたまアパートの近くにあった住吉教会を訪ねたが、老牧師の「あきらかに当時の軍国的な風潮に進んで迎合する態度」をあきたりず思い、姫松教会に移り、七月九日、同教会に客分のようなかたちで来ていたエゴン・ヘッセル師（バルトの弟子）より洗礼を受ける。しばらく経ったころ、大阪南部地域の合同祈祷会が行なわれたが、住吉教会の老牧師が立ち上がって、「主よ、この中に恥ずべき裏切り者、ユダの徒がおります」と言った。石原は自分のことが言われていると分かり、老牧師が「このような許しがたい僕の罪をも、主のみこころによりゆるしたもうように」と言った時、胸がわるくなってそのまま外へ出た。一体何を裏切ったというのか、と石原は思った。老牧師は翌年他界したが、今も許せずにいる（「教会と軍隊と私」『断念の海から』Ⅱ）。

後の記述だが、石原は少年期を脱したばかりの頃の思い出として、自身の理想像を次のように書いている。

［かつて、まだ少年期を脱したばかりの頃、私は貧窮にやせ細った姿で一人ルターの註解を読みつづける一人の青年を自分の未来の理想像として熱っぽく想いえがいていた時期がある。それがいわば私のヒロイズムであった］（「ノート」一九五九年六月五日、Ⅱ）

昭和一四（一九三九）年、東京神学校入学を決意し、大阪ガスを退職、上京。一一月、召集を受ける。徴兵は石原の独自の世界を破壊した。ヘッセル氏から、召集拒否をすすめられたが、応召。二四歳。（ヘッセル氏はすでにドイツ本国からの召集を拒否しており、その後米国へ亡命した。因みに、安川寿之輔の講演によると、アメリカでは一万六〇〇〇人、イギリスでは五万九〇〇〇人の良心的兵役拒否者が居たという。日本では灯台社の明石真人、竹本一生、三浦忠治がいた）。石原が徴兵拒否をしなかったのは、そういう［強い根拠を持っていませんし、またそういう理由もありません］（「随想　神学校入学の決意について」Ⅱ）と言っている。徴兵は、日本人である限りは逃げられない、真正面から引き受けるしかない、と思ったのではなかろうか。後に振り返ってこんなことを言っている。

［大東亜戦争が何らかのかたちで解放的な意味をもっていたことを、私は否定しようとはおもわない。その故にこそ欣然と戦地に赴いたのである］

（「戦争と死と私」『流動』一九七六年七月、Ⅲ補遺）

欣然と赴いたのは、この戦争が何らかの解放的な意味を持っていたと考えたからだと言う。

当時の空気に呑みこまれていたのだろう。「解放的な意味」というのは、欧米帝国主義の勝手にはさせないという日本帝国主義のアジアの「友達（安部公房）」としての戦争、という認識が含まれていたのだろうか。そうだとしたら、それは善意の悪魔（善魔）である。

静岡市歩兵第三四連隊に、賛美歌集を隠して入隊。幹部候補生を志願しなかった。軍隊での昇進に興味がなかった。そこは石原の「自我」（「体刑と自己否定」『海を流れる河』Ⅱ）が生きていた部分であろう。

昭和一五年、北方情報要員第一期生として、大阪歩兵第三七連隊内の露語教育隊へ分遣。ここでも成績優秀で、外語出身であったため、翌一六年、東京の高等科へ。奈良教育隊出身の鹿野武一と出会う。二人はエスペラントに興味があり、のち、軍隊内や抑留中、差し障りのある時はエスペラントで話した。

昭和一六（一九四一）年二月二日、信濃町教会へ転入。七月、関東軍特別演習に参加。鹿野は成績上位であったため、残留を命ぜられたがこれを拒み、石原たちに同行した。八月上旬新京（現長春）に到着、特務機関（関東軍情報部）に配属（一班＝軍状と、特諜班＝流言と逆宣伝の分析）。鹿野もハルピン機関配属（五班＝白系露人工作班）になった。白系ロシア人とはロシア革命・ソ連に反対で、亡命したロシア人のことである。一二月八日、米英と戦闘状態に入る（「大東亜戦争」開戦）。

昭和一七年五月、石原は、関東軍司令部に復帰、五課（情報）内情班に勤務し、ソ連の無線傍受と翻訳・分析に従事した。一一月、召集解除されたが、ひきつづき関東軍特殊通信情報隊（満州電々調査局という秘匿名称）に徴用され、ハルピン本部に勤務（軍属）。戦闘には参加しなかった。

昭和二〇（一九四五）年八月八日、ソ連（ソビエト社会主義共和国連邦）が対日宣戦布告。石原は布告全文を、交代で辞書を引き、翻訳する。九日、ソ連軍が進攻してくる。戦闘終結までの一週間、「ソ連軍が進駐する前に書類という書類は一切合財焼却しなければならなかった」（「私の八月十五日」『断念の海から』Ⅱ）。

どこの部隊も同じであっただろうから、この時重要な戦争資料が灰になってしまった。証拠隠滅である。また、「情報機関にいたため日本が降伏するということは、その前の日にすでにわかっていた」（同前）。

八月一五日、敗戦。部隊は解散。「ソ連軍は全線にわたって前進を停止していた。街は気味がわるいほどしずまりかえっていた」。変事が始まる前、「第七の封印を解き給ひたれば、凡そ半時のあひだ天静かなりき」（「ヨハネの黙示録　八―一『石原吉郎全集Ⅰ』のエピグラフ」）という感じだった。

石原は、戦争が終るとか戦争に負けるとか考えたことがなかった。その前に自分が死ぬだろうとばかり考えていた。戦争が終わり、生き残った時、どうしていいか分からず、立場がなくなって困った、という。一方、銀行の前でお金を降ろす人が長い行列を作っていた。それが石原には理解できなかった（秋山駿との対談「日常を生きる困難」Ⅲ）。かなりの人が自殺した。石原もそういう人たちと同じ行動をとるはずだったのに、なんとなく乗り遅れてしまった（鮎川信夫との対談「断念の思想と往還の思想」『断念の海から』Ⅲ）。

石原は電々ハルピン監理局に転属。一〇月上旬、ハルピンで勤務を解かれた。

一九四五年一二月上旬、ソ連軍の「日本人狩り」によって、男子は全員連行され、旧日本領事館に留置され、取り調べを受けたが、調書は作成済みであった。下旬、ソ連軍に抑留され、年末に、シベリアへ送られた。三〇歳である。

ポツダム宣言（一九四五年七月二六日）第九項には、「日本軍隊は、完全に武装を解除せられたる後各自の家庭に復帰し、平和的且生産的の生活を営む機会を得しめられるべし」という条項があるが、これによれば兵士は各家庭に戻って生産的な仕事に復帰できるはずであった。アメリカは戦後すぐ日本人捕虜を復員させている。しかしソ連では、「ソ連の国家防衛委員会の八月二十三日決定として、「日本軍捕虜五十万人の受け入れ、配置、労働利用について」というスターリンの極秘指令が、九月二日、発せられていた」。「極東、シベリヤの環境下での労働に肉体面で適した日本軍捕虜を五十万人選別すること」などが指令された（多田茂治『石原吉郎「昭和」の旅』作品社、二〇〇〇、三二頁）。要するにシベリア開発を捕虜・囚人労働でまかなおうということであった。反革命のロシア人囚人も含めて。

捕虜はラーゲリ（強制収容所）に送られ、判決を待った。内村剛介によると、ラーゲリとは、もともと野外仮泊のことである。ピオネール・ラーゲリと言えば、今もソ連のかわいい子たちの夏休みの林間学校のことである。「強制労働ラーゲリ」は一九三〇年代の初めにできた。反社会分子の教育施設であったが、反社会、反革命分子の数が「教育施設」に収容しきれないほどにふくれ上がって来る頃から変質していった（内村『生き急ぐ　スターリン獄の日本人』講談社文芸文庫、一六三頁）。左による右の弾圧ということである。

ロシア人の反ソ行為（反革命行為）者を収容するため、ラーゲリはソ連全域二〇〇〇箇所に造られ、収容所群島と呼ばれた。その位置図の黒い点をみると、発疹のようにぶつぶつが連なっている（ソ連は病気だ）。日本人やドイツなどの敵国の捕虜も収容されるようになって、さらに変質した。日本人の抑留者は主に軍人であるが、満州開拓の農民、満州国の官吏、満鉄の職員、新聞社の幹部、従軍看護婦などがいた。極寒、飢餓、重労働により、多数の犠牲者が出た。一九四六年一二月から引揚げが始まり、五〇年四月末までに約五三万人が帰国したが、戦犯として残された者も相当数居り、一九五三年のスターリン死去後、日ソ共同宣言が行われた五六年までに残留者も帰国した、とされる。引揚げ港の舞鶴には、引揚げ船が着くたびに、息子の帰国を待ちわびる母たちが、もしやこの船では、という思いで通いつめた。このうち、端野いせをモデルにした『岸壁の母』は歌や映画に取り上げられ話題になった。

日本人抑留者数は次の通りであるが、誤差がありすぎ確定しないというのは問題である。誰も本当のところを知らない。把握出来ない。

日本政府厚生省援護局の資料では、抑留された者約五七万五〇〇〇人、現在（というのがいつのことなのか不明）までに帰国した者四七万三〇〇〇人、死亡と認められる者五万五〇〇〇人、病弱などのため入ソ直後に満州や北朝鮮に送還されたもの約四万七〇〇〇人、ソ連から中国に戦犯として引き渡された者九六九人である。しかしソ連側の記録では抑留者数は六〇万人を上回っていて、その実数は把握されていない（『日本歴史大事典』）。シベリアのほか中央アジア、極東、モンゴル、ヨーロッパ・ロシアなど約二〇〇〇の収容所、監獄に収容され、鉄道建設、炭坑、鉱山、土木建築、農作業などさまざまな労働に強制的に従事させられた。またバム鉄道（バイカル・アムール鉄道）に約五万人が投入された。四六年一二月から引き揚げが始まり、五〇年四月までに約五三万人が帰国した（『ブリタニカ国際大百科事典』）。（しかしこういう言い方や、日本人の戦没者が約三一〇万人（軍人・軍属・准軍属が約二三〇万人、民間人が国外で約三〇万人、国内で約五〇万人）とか、アジア太平洋戦争の被戦殺者が二〇〇〇万人とも三〇〇〇万人ともいう、という言い方は、アイヒマンが言ったとされる「統計」である。「百人の死は悲劇だが、百万人の死は統計だ」。アウシュヴィッツの大量殺戮の張本人である　お前が言うな、と思うが。石原は、ひとりひとりの死が無いことが問題なのだと言う。

「ジェノサイドのおそろしさは、一時に大量の人間が殺戮されることにあるのではない。そのなかに、ひとりひとりの死がないということが私には恐ろしいのだ。（略）死においてただ数であるとき、それは絶望そのものである。人は死においてひとりひとりの名を呼ばれなければならないものだ」（「確認されない死のなかで——強制収容所における一人の死」『現代詩手帖』一九六九年二月、『日常への強制』Ⅱ、傍点原文）

抑留者の数について、石原は次のように書いている。統計的に言うしかない。

［五十八万の捕虜をシベリアへ送り、すでに平時に入ったはずの五年間に七万の死者と三千の消息不明者を出さなければならなかった関東軍にとって、困難な戦いは実はそれからだった」

（「私の八月十五日」『断念の海から』Ⅱ）

ソ連側は、一九九〇年六月、「シベリア抑留」に関する日ソ共同シンポジウム（東京）で、日本人捕虜の数を五九万四〇〇〇人、その内五四万六〇八六人がソ連領に強制連行されたと正式に発表した。その中で、抑留中の死亡者数は、六万二〇六八人であると報告した（『毎日新聞』一九九〇年六月二一日夕刊、勢古浩爾『石原吉郎　寂滅の人』六三頁）。

その後、ゴルバチョフのペレストロイカ（改革）、グラスノスチ（情報公開）により、ソ連内務省資料が公表された。満州地区や樺太での捕虜総数は六三万九六三五人で、このうち傷病兵、中国人、朝鮮人など六万五二四五人を解放。さらに終戦前後の死亡者が一万五九八六人、モンゴルへ一万二三一八人移送したので、ソ連領への抑留者は五四万六〇八六人、抑留中の死亡者は四万六〇八二人だったという。また最新の資料では、日本人抑留者は、六〇万九四四八人で、死亡者は六万一八五五人という数字も公表されている

（多田茂治『内なるシベリア抑留体験』社会思想社、一九九四、二四九頁）。

立花隆は、シベリア抑留者は六〇万人で、そのうち約七万人が死んでおり（別の箇所では一割とも言う）、それは事実上ほぼ全員が広義の餓死者（不完全飢餓死者）だったと考えられています、と言っている（立花『シベリア鎮魂歌――香月泰男の世界』文芸春秋、二〇〇四、三二七頁）。

石原は三年間の軍人（一九三九年一一月～一九四二年一一月）、三年間の軍属（～四五年一〇月）生活を送る。その後、八年間の抑留生活は、次の五期に分けられる（細見和之は四期に分けている）。

一・一九四六年一月～一九四八年八月、　アルマ・アタ、二年八ヵ月。
二・一九四八年八月～一九四九年九月、　カラガンダ、一年一ヵ月。
三・一九四九年一〇月～一九五〇年九月、タイシェット、バム鉄道沿線、一年。
四・一九五〇年九月～一九五三年六月、　ハバロフスク、二年一〇ヶ月。
五・一九五三年六月～一一月、　　　　　ナホトカ。六ヶ月。一二月一日、舞鶴帰港。

一九四六年、石原はストルイピンカ（拘禁車）に乗せられ、北へ西へ、チタ、イルクーツク、ノボシビルスクを経て、カザフ共和国を南下、一月末、アルマ・アタ（現・アルマトイ）の強制収容所（ラーゲリ）第三分所に収容された（カザフ共和国はシベリアではなく中央アジアであるが、そこを含めてシベリア抑留と総称するようである）。

ストルイピンカでシベリアへ送られる様子をえがいた石原の詩「葬式列車」の、

［なんという駅を出発して来たのか／もう誰も覚えていない／
ただ　いつも右側は真昼で／左側は真夜中のふしぎな国を／
汽車ははしりつづけている／（略）］

（『文章倶楽部』一九五五年八月号『サンチョ・パンサの帰郷』Ⅰ）

という詩句を、例えば香月泰男の「北へ西へ」のイメージで僕は読んでいた。

アルマ・アタの収容所で、一九四六年から四七年にかけて、シベリアの厳しい環境に「適応」しなかったため、気候の変化（極寒）、栄養失調（飢餓）、疲労（重労働）、発疹チフスなどで第一回の淘汰があり、多数の抑留者が犠牲になった。石原は哲学者Nに歎異抄を口伝される。後、Nが隣人のパンを盗んで営倉に入れられると、Nとの交際を絶つという経験があった（後述）。

またアルマ・アタでは、いわゆる「民主運動」がさかんに行なわれた。

［いわゆる民主運動は、一九四六年ころから旧軍隊秩序解体をスローガンに、日本人捕虜のあいだに急速にひろがったが、その過程でいわゆる〈反動分子〉の摘発が、捕虜自身の手で精力的に行なわれた。しかし、摘発された者の顔ぶれとその後の運命から見て、ソ連当局がこれを指導し、奨励したことは、ほぼ確実である。民主運動そのものは、結局は収容所側の指導する労働強化運動に変質して行ったが、それらの過程で日本人同士のあいだで行なわれた摘発と密告は、その後ながく救いがたい怨恨をのこした］

（石原「弱者の正義」『望郷と海』Ⅱ）

アクチーブ（活動家）と呼ばれた民主運動の日本人の担い手は、ソ連当局・収容所側とともに反動分子を摘発し、批判と吊るし上げを行なった。アクチーブが弱者だったわけではない。共産主義化を善と考えていたのであろう。反動分子は旧軍隊内では強者だった。ソ連・収容所の体制を利用した保守・反動分子への反撃といっていい。ソ連側編集委員や日本人捕虜浅原正基（筆名諸戸文雄。モロトフの名前をもじった）らも編集に関わった『日本新聞』がハバロフスクで発行され、各収容所へ送られていたが、ソ連共産党機関紙『プラウダ』や、政府機関紙『イズベスチヤ』からの引用記事が多かった。一時マルクス主義に興味を持った石原だが、構図が分かっていたのか、酷い目にあわせたスターリンへの反感からか、政治に関わらないと決めていたからか、この運動には冷淡である。

一九四八年八月、ノボシビルスク、ペトロパウロフスクを経て、北カザフスタンのカラガンダの日本軍捕虜収容所に移され、未決期間を送った。

一九四九年、受刑直前、小型起重機の事故に遭い、左肋骨を二本骨折したが、手当ても受けられず、バムに送られた。二月、石原はカラガンダ市第十三収容所に併設の中央アジア軍管区軍法会議カラガンダ臨時法廷で、ロシア共和国刑法五八条（反ソ行為）六項（諜報）により起訴され、四月二九日、重労働二五年（死刑廃止後の最高刑）の判決を受け、カラガンダ第二刑務所に囚人として収容された。サンフランシスコ条約がソ連抜きで締結されることの見返りで、

「かくし戦犯」として約三千人が、極東軍事裁判とは無関係に、ソ連政府に保留され、ロシアの国内法によって裁かれた。石原はソ連が参戦する以前のことで、国外で逮捕された者に国内法は適用されないはずだ抗議すると、「要するに君達は敗けたんだ」という答えが返ってきた（北村太郎との対談「『サンチョ・パンサの帰郷』の周辺」。「こうして始まった」Ⅲ補遺）。「反ソ行為」とは、ロシア人の反ソ行為（反革命行為）のはずである。

この時期、石原は鹿野に再会している。判決前、独房で過ごしていた石原の向かいの独房に誰かが収容される時、警備兵の誰何に対して「鹿野武一」とはっきり応える声を聞き（「カノブイチ」と鹿野が応えた（発音した）と、多田茂治は書いている）、驚いて飛び起きたが、石原の方からは声を発することは禁じられていた。鹿野も二五年の刑を判決され、炭鉱に近い収容所に移され、石原もその後を追うことになった。

石原は鹿野と連絡を取ろうとして探した。ハルピン以来四年ぶりに会った鹿野は「きみには会いたくなかった」と言い、一週間後には、鹿野が会いに来て、「このあいだはすまなかった」と言い、しばらく躊躇したあと、「もし君が日本に帰ることがあったら、鹿野武一は昭和二四年八月×日（この日のこと）に死んだとだけ伝えてくれ」と言い、去って行った。

九月、ロシア、ドイツ、ルーマニアなどの受刑者と共に、ストルイピンカで、ペトロパウロフスク、ノボシビルスク、タイシェットを経て、バム鉄道（バイカル・アムール鉄道＝第二シベリア鉄道。第一シベリア鉄道は一九一六年全通）を北上、沿線密林地帯のコロンナ三三（タイシェットから三三キロにあるコロニーという意味）に到着した。バム鉄道建設のための森林伐採に従事した。移動に要した日は三日である。バム鉄道建設には、日本人抑留者が約五万人が投入されたという。石原のいた収容所には日本人が、二、三〇人がいた。

ストルイピンカには二つの樽が用意されていた。一つは飲料水、もう一つが排便用であった。三日分の黒パンと塩漬けの鱒が一匹、食糧として与えられた。しかし飢えていた囚人たちは一度に食べてしまう愚をおかし、喉の渇きに襲われ、用意されていた三日分の水はたちまち飲み尽してしまった。その後襲うのが一日一回と決められていた排泄の問題であった。我慢できず、糞尿があふれた。悲惨であった。これが囚人たちの人間としての、「一種昂然たるものを、あとかたもなく押しつぶした」。三日間でプライドは打ちのめされてしまった（「強制された日常から」、「ペシミストの勇気について」『日常への強制』Ⅱ）。

そうして以後翌年九月までが、入ソ後最悪の一年となる。

「生涯の事件といえるものは、一九四九年から五〇年へかけての一年余のあいだに、悉く起ってしまったといえる。そしてこの一年によって、生涯の重さが決定してしまったと考えるとき、僕の人生は頽廃せざるをえない」

（「ノート」一九六二年、Ⅱ）

と石原は書いている。栄養失調、疲労、衰弱、希望の喪失などによる第二回の淘汰が起き、頽廃せざるをえなかった、と言うのである。腹が減り、自制できず、食器をなめてしまう奴がいる。

［その乞食根性をおさえるかおさえないかでかなり違ってきます。抑制がきかなくなるとだめです。そうなるとがたがた何でもするようになってしまう。そこをちゃんと持ちこたえられれば何とか生きていける。それは（ソルジェニーツィンの）『イワン・デニーソヴィッチの一日』に書いてありました。密告する奴と食器をなめる奴と、こういうのは死んでしまう。長生きできない。ラーゲリでいきのびられない。／人間はあるところでこらえているとか体が持ちますが、その限度を越すと体ががたがたになってしまう。（略）］

（「強制収容所の一日」『一期一会の海』Ⅱ）

［人間は徹底的に胃袋と筋肉に還元された。共同の約束をささえる道徳律は食卓のようにひっくり返された。死にたいと思うものは、いつ死んでもよかった。人間性をもちつづけようとする奴は、みんなでよってたかって足蹴にした。一年を経て、バム鉄道沿線の密林地帯から出て来た時、僕らはみんな老人のようにしわが寄り、人間を信じなくなり、生きるためにはなんでも平気でする男になっていた。（略）］

（「こうして始まった」『現代詩手帖』一九六〇年四月、Ⅲ補遺）

ここでも過酷が囚人たちの人間としての［一種昂然たるものを、あとかたもなく押しつぶした］。悲惨であった。

一九五〇年四月、石原はコロンナ三〇に移り、流木、土工、鉄道工事、採石などに従事した。栄養失調がひどく、入院二回。アンガラ河の一支流のほとりで一時間ごとに一〇分間の休憩が与えられたが、石原は猿のようにすわりこんでいた（「沈黙と失語」）（後述）。アンガラ河はバイカル湖南西部から流れ出て、イルクーツクを流れ、エニセイ川に合流し、北氷洋（北極海）に注ぐ。

九月、日本人受刑者はタイシェットから、ハバロフスク市第六分所に東送されたが、車中、石原は疲労衰弱のため、ほとんど昏睡状態であった。労働を免除され、軽作業、靴工などに従事した。労働条件と給与は一般捕虜なみになり、健康状態は急速に回復した。「食べただけちゃんと太る。まるで豚だ」とソ連の軍医は言った。鹿野も同じ列車でハバロフスクに送られていた。

一九五一年四月、健康回復とともに、労働免除を取り消され、市内の建築現場で、左官として働く。僅かだが給料も出た。肉体の恢復とともに、精神の恢復がおとずれる。「精神の恢復は、なによりもまずその痛みの恢復である」（「強制された日常から」Ⅱ、傍点原文）。表現への渇望が強まり、石原は斎藤保（俳号＝有思）の主宰する俳句会に入り（俳号＝青磁）、表現によって自己を支えた。

「囚徒われライラックより十歩隔つ
けさ開く芥子あり確《しか》と見て通る」

（『石原吉郎句集』Ⅲ）

自然の美しさ、季節の移り行きに感応しているが、囚人としての遠慮も心得ている、という感じである。

また北條民雄原作の『癩院受胎』の脚本を書き上演したり、七弦のロシアギター（バラライカは三弦）を買って弾いたりした。このころ書いた日記を左官作業の時、壁に塗り込めた。取締り側に見つかるとまずいし、意味が分かるとさらにまずい。判読を寄せ付けない韜晦的な表現方法として俳句を書く（石原「私の詩歴」『断念の海から』Ⅱ）。この方法が彼の詩法に引き継がれ、詩を難解にしているのだろう。

一九五二年四月三〇日、ハバロフスク市長の娘が、公園を清掃していた受刑者に食べ物を与えた。鹿野はそのことに絶望して、絶食を始めた。石原もいやいやながら同調する（後述）。

ハバロフスクでは、最後の一年間、通信をやらされた。捕虜用の往復葉書で、日本に居る家族に宛て連絡を取る文章を書く仕事である。クレムリンの方向が少しずつ緩和しだし、国際的な世論もうるさくなってきた時期だった。石原自身も父に宛てて通信したが、弟健二からの返信には父母が死んだことが書かれておらず、もしかしたらとは思ったが、そのことを帰国するまで知らなかった（「随想　塗りこめた手帳」『一期一会の海』Ⅱ）。弟の一つの配慮であったかも知れない。

一九五三年三月五日、スターリン死去。抑留はスターリンの極秘指令であり、戦後のソ連復興策の一環として、日本だけでなくドイツ、イタリア、ルーマニアなどの国に対しても行なわれたから、その死とともに政権が変わり、特赦－帰国（ダモイ）の噂が流れ始めた。

六月初、ナホトカに到着、旧日本軍捕虜収容所に収容され、目的など知らされぬまま六ヶ月間待機。一一月二九日、ソ連内務省の手から、日本赤十字社の保護下に移され、興安丸に乗船(鹿野も同じ船に乗る)。一一月三〇日早朝、ナホトカ出港。船がソ連の領海を離れた時、甲板に出て、安堵して空と海を見、彼岸を目指した。船内で、三人の日本人アクチーブが、リンチを受けた。シベリアでの密告への報復であった。夜、舞鶴入港。船内で石原と鹿野が話した形跡はない。

一九五三年一二月一日、各種団体の訪問、検疫、通関などのあと、正午ころ上陸。出迎えは弟健二一人。父母の死去を知る。父は戦争が終って一年目か二年目に、栄養失調で、「場末の小さな病院で、誰にも知られず死んで行った」(「ノート」一九五九年、Ⅱ)。(継)母は石原が帰る二年くらい前に亡くなっていた(「随想　塗りこめた手帳」Ⅱ)。

二日、復員式。正式に軍務を解かれ、旧陸軍軍服、軍靴、毛布、旅費等手当二万円を支給される。舞鶴駅では、日本共産党員が「諸君を待つものは、ただ飢餓と失業だけである」と演説し、激昂した帰還者の手で袋だたきにされた。しかし、この言葉は結局正しかったのである。四日、品川駅に到着、中央気象庁勤務の弟宅に一旦落ち着く。七日、引揚援護局にて八年間の俸給四万円を受け取る。三八歳であった。

帰国直後、「生きていてよかった」という言葉を聞き、全身の血が逆流するような違和感があった。それは嘲弄以外のなにものでもなかった(「三つの集約」、「『望郷と海』について」Ⅱ)。なぜなら、石原にとって、「日のあけくれがじかに不条理である場所」で生き残るということは、その環境に「適応」し堕落するということに他ならなかったし、最も良い人間は――最も良い自分自身も、帰って来なかったから（後述）。

石原は品川駅で下車した。たまたま読売新聞の記者につかまり、取材された。服部時計店の前で撮られた写真入りで「今浦島の銀ブラ、『東京も変わったなァ』と石原さん」という記事になった。「服装も派手になったね。この自動車の洪水はどうしたことだ。銀座は全く殺人的だね」。石原は、この記事について、「おれのしゃべっていないことまで書きやがって」と言っていた（多田茂治『石原吉郎「昭和」の旅』一四八頁）。新聞記者は受けそうな平均的なストーリーを勝手に作っておざなりの記事を書く。人の気も知らないで。

石原は、それまで「日本が変わった」というイメージはまるでなく、古い日本をイメージし、純化していて、その日本が待っていると思っていた。その点、中身はともかく、「今浦島」というのは正しい。現実の日本は石原らを置き去りにして、東西冷戦の中、朝鮮戦争（一九五〇年六月二五日～一九五三年七月二七日、休戦協定）を梃子に復興の最中で、社会・文化はアメリカ化され、テレビ放送が始まり（一九五三年二月一日＝NHK、八月二八日＝民間テレビ）、街頭テレビに人々が群がり、青山にスーパーマーケットができ（一二月）、五四年には電気洗濯機、冷蔵庫、掃除機が普及し始め、消費文明化が進んでいた（『年表昭和史』岩波ブックレット、『日本史年表』岩波書店）。五五年には「戦後は終った」と言い出す始末であった。石原には違和感と疎外感が強くあった。

以上が石原吉郎の前半生、誕生からシベリア抑留、そして帰国までの前半生のあらましである。ここからは帰国後の文学的、宗教的、哲学的あゆみを書いていくことにしたい。

帰国で石原のシベリア体験が終わったわけではなかった。

［私は八年の抑留ののち、一切の問題を保留したまま帰国したが、これにひきつづく三年ほどの期間が、現在の私をほとんど決定したように思える。この時期の苦痛にくらべたら、強制収容所でのなまの体験は、ほとんど問題でないように思える］

（「強制された日常から」『日常への強制』Ⅱ）

この言い方は誤解を生みかねない。［強制収容所でのなまの体験はほとんど問題でない］わけがない。その「なまの体験」と「最もよい自分自身」との落差に関する自己審問が、石原に苦痛を与えたのである。彼はシベリアに「うずくまったまま」（『サンチョ・パンサの帰郷』あとがきⅠ）、自分自身をもう一度問い直さなければならなかった。シベリア体験の反芻は、混乱と沈黙、孤独と忍耐とを彼に強いた。追体験という名の抑留が続く。

一九五四年一月、石原は静養のため伊豆に帰郷し、親族鈴木二平方に滞在。Nに「赤」なら付きあえないといわれ、故郷に絶望する（後述）。以後二度とこの地を訪れなかった。教会に復帰し、信濃町教会に通う。朝鮮戦争が休戦になり、戦争特需が終わると不景気になる。シベリア帰りに就職口はなく、保安隊（五四年七月一日、自衛隊）に就職しようとするが、これも失敗する。

石原をささえていたのは、

［私は決して〈犯罪者〉ではないということ、いずれ誰かが背負わされる順番になっていた〈戦争の責任〉をとも角もじぶんが背負ったのだという意識だった］

のだが、帰国してみると、誰もそんなことを気にはしておらず、完全に忘れ去られ、無視されていた。せいぜい〈運のわるい男〉とか〈不幸な男〉くらいにしか思われていなかった。しかも世間は決して忘れていなかった。［〈シベリア帰り〉というただ一つの条件で、いっせいにあらゆる職場からしめ出されはじめた］のだった。舞鶴駅で日共党員が叫んでいた「諸君を待っているのは飢餓と失業だけだ」という言葉は本当だったのだと思った。助けになってくれたのは同じ苦しみを受けているはずの帰還者だった（「肉親へあてた手紙」『日常への強制』Ⅱ）。

［帰国後しばらくのあいだ、私の最大の苦痛は〈競争状態〉におかれることであった。電車の座席をあらそう人たちをさえ、私は苦痛なしに見ることはできなかった］

（「メモ」一九七二年四月一〇日『海を流れる河』Ⅱ）

帰国して三日か四日目のこと、満員電車に乗ろうとして、うしろからつきとばされたことがあった。横を他の乗客たちがすばやく駆け抜け、座席に座ってしまった。［こんなことをしないですむところへ帰って来たはずだった］（傍点原文）のに。これも生存競争だと嫌悪を感じた。しかし自身も例外ではなかった。同じ帰還者の世話で、ラジオ東京（現・ＴＢＳ）で翻訳のアルバイトにつくが、六人分を一人でこなしたため、他の英文科の五人のアルバイト女学生が辞めて行った。

「人を押しのけなければ生きて行けない世界から、まったく同じ世界に帰って来たということに気づいたとき、私の価値観が一挙にささえをうしなった」

（「日記」一九七四年一月二日『海を流れる河』Ⅱ）

と思い、石原も辞めてしまった。

ここ（日本）でも人々は戦争責任を蔑ろにし、むきだしの欲望を全開させ、現世利益を求めて生きていた。それを戦後社会の活力と言う者もいる。

「生きよ、墮ちよ。（略）特攻隊の勇士はすでに闇屋となり、未亡人はすでに新たな面影によって胸をふくらませているではないか。人間は変わりはしない。ただ人間に戻ってきたのだ。人間は堕落する。義士も聖女も堕落する。それを防ぐことはできないし、防ぐことによって人を救うことはできない。人間は生き、人間は墮ちる。そのこと以外の中に人間を救う便利な近道はない。／戦争に負けたから墮ちるのではないのだ。人間だから墮ちるのであり、生きているから墮ちるのである。（略）」

（坂口安吾「堕落論」『新潮』一九四六年四月号）

という現実。人々は戦後社会に「適応」し、堕落して生きていたのであった。他者を凌いで生きること、それが石原には苦痛であった。人間は誰も同じ、どこも同じ、何時までたっても同じなのだ、という絶望。

（ただし、高村光太郎（一八八三〜一九五六）は、戦時中（一九四二年六月）、日本文学報国会の詩部会会長になり、国威発揚・戦意高揚の詩を書いた。一九四五年四月、自宅が空襲被災しアトリエが全焼、宮沢賢治の弟の清六方に疎開したが、宮沢家も空襲被災し、戦後は岩手県大田村山口に自己流謫し、農耕自炊の生活を送り、「暗愚小伝」（一九四七）を書いた。高村なりの戦争責任の取り方であった。）

敗戦直後、民衆は皇居前広場で跪いたし、東久邇稔彦内閣（一九四五年八月一七日〜一〇月八日）は「一億総懺悔」を言い出したが、これは日本国民が、アジア太平洋戦争の犠牲者・被害者に謝罪するということではなく、天皇へ敗戦をあやまるということであった。全く本末転倒ということである。ここにも国柄というかどれい根性があらわれている。

帰国を、石原は［二つの時間のあいだを「つきとばされた」］と言う。新しい環境での違和感と疎外感の中で、就職に失敗し、相手かまわずのとめどない饒舌、記憶はたえず前後し、それぞれの断片は相互に撞着した。人と口論になったり、つかみ合いになったりした。しまいには誰も相手にしなくなった。時間の脈絡を失った混乱のなかで、言葉は忍耐をもっておのれの内側へささえなければならぬ、と認識し、沈黙にたどりつき、一切の日常の原点を問いなおす姿勢をかろうじて定めた（「強制された日常から」Ⅱ）。石原は戦後社会に［適応］せず、［堕落］にはいたらなかった。

一方、石原の詩への開眼はわりとスムーズに行ったようである。一九五三年一二月、舞鶴にいたとき、石原は弟に頼んで堀辰雄の『風立ちぬ』とニーチェの『反時代的考察』の二冊を買ってもらった。『風立ちぬ』を読み、

「これが私にとっての、日本語との「再会」であった。（略）「おれに日本語がのこっていた……」。（略）その巻末に立原道造の解説があった。この解説が、詩への私自身ののめりこみを決定した。東京に着いた日、私は文庫本の立原道造詩集（注・角川文庫、昭和二七年刊であろう）を買い求め、その直後から詩を書き始めた」（「私の詩歴」『断念の海から』Ⅱ）

と、詩への開眼を語っている。立原道造（一九一四〜一九三九）は石原（大正四年＝一九一五年生まれ）と同世代の詩人であった。そして石原はすがるように詩を書いた。詩は書けた。石原にとって、

「〈詩〉とは、混乱を混乱のままで受け止めることのできる唯一の表現形式であったと言って良いと思います」（「〈体験〉そのものの体験」『一期一会の海』Ⅱ）。

石原は詩を書き始めた。立原を模倣して書いてみたり、教会に通っていたので『信濃町教会会報』に書いたり（しかし教会には馴染めなかった。「讃美歌、いっしょにうたっていますと、ほんとに、途中で、気はずかしくなりますよ」と言っている（安西均との対談「背後から見たキリスト」Ⅲ）、婦人雑誌に女性名で投稿したりした。また三好達治に作品を送って批評を請う

たりもした。
ある時、たまたま立ち寄った書店で『文章倶楽部』（小田久郎編集。『現代詩手帖』の前身）という雑誌を見つけ、一篇投稿してみた。次の号もその次の号にも載らず、諦めかけていたが、一九五四年一〇月号に「夜の招待」が特選で掲載された。選者は鮎川信夫（一九二〇～一九八六。この時三四歳）と谷川俊太郎（一九三一～。この時二二歳）。

［窓のそとで　ぴすとるが鳴って／かあてんへいっぺんに／火がつけられて／まちかまえた時間が　やってくる

（一五行略）

来るよりほかに仕方のない時間が／やってくるということの／なんというみごとさ／
切られた食卓の花にも／受粉のいとなみをゆるすがいい／
もはやどれだけの時が／よみがえらずに／のこっていよう／
夜はまきかえされ／椅子がゆすぶられ／かあどの旗がひきおろされ／
手のなかでくれよんが溶けて／朝が約束をしにやってくる］

（『サンチョ・パンサの帰郷』Ⅰ）

谷川は（鮎川も）、石原がどういう人であるかほとんど分かっていなかったが、この詩について、「詩そのものという感じです。道徳とか世界観とかいうものを詩にしているような作品が多い中で、これは純粋に詩であるという感じがしますね」と評した（谷川「〈文章倶楽部〉のころ」『石原吉郎全詩集』の「手帖」)。

［詩作に先立つ数年間、俳句に熱中した時期があって、それなりに詩作のための、いわばトレーニングのごとき役割を果たした］

（『石原吉郎句集』あとがきⅢ）。

［詩作に先立つ数年間、俳句に熱中した］というのは、ハバロフスクの頃のことを言っているのだろう。省略と飛躍、隠すことを旨とし、並みの理解を寄せ付けない隠喩詩法が、抜群の詩を生み出した。一方、散文を書くには一五年の時間の経過が必要であった。

一九五五年四月一日、『文章倶楽部』への投稿の常連と、詩誌『ロシナンテ』第一号を発行する。隔月刊、謄写印刷、一六ページ。『ロシナンテ』という誌名は、前年一二月の『文章倶楽部』東京支部の忘年会で、石原がいつか自分の詩集を出す時の書名として宝物のようにとっておいたものだったが、「どうだ、ドン・キホーテの愛馬だぜ」と言って示したのを、好川誠一が「それもらった」と言って、誌名に決まった。この忘年会で石原（三九歳）は二〇代の若い仲間たちと「カチューシャの唄」などを唄ってうちとけていた（多田茂治『石原吉郎「昭和」の旅』）。

［「ロシナンテ」は帰国後の私にとって最初の事件だったといえる。うっ屈だけであった私の心は、ただ「ロシナンテ」にむけてだけ開かれた］

（「詩を書き出すまで」Ⅲ補遺）

詩の仲間とは話が合い、若い仲間に交じって、石原は精力的に編集作業に当った。それは石原吉郎の遅ればせの青春と言っていい。主要メンバーは好川誠一、河野澄子、石原、岡田芳郎、田中武、岸岡正、淀縄美三子。（五六年八月に第一次『ロシナンテ』は九号で解散。九月、第二次『ロシナンテ』は会員制から同人制に変わり、この前後から吉田睦彦、勝野睦人、粕屋栄市、竹下育男、小柳玲子、中鉢敦子、木下恵美子、佐々木双葉子、大橋千晶らが参加。五九年三月、一九号で終刊（「年譜」Ⅲ）

一九五五年八月、『文章倶楽部』に「葬式列車」を発表。

「なんという駅を出発して来たのか／もう誰も覚えていない／ただ　いつも右側は真昼で／左側は真夜中のふしぎな国を／汽車ははしりつづけている（略）」

これにより、石原がシベリア帰還者であることが詩壇に知れた。鮎川、谷川との鼎談のなかで、石原は次のように発言している。

「僕、自分は少し特殊なところがあるんじゃないかと思うんです。一昨年の暮引揚げたばかりなんですし……（略）。どうも人の中にまぎれこめないような、何か押しだされたような気がしています、今だに。一寸人に説明してもわからないでしょうが、それから僕みたいな境遇にあったものは過去というものに対するノスタルジアがとても強いんです。過去をいろんな形でたてなおしてみたい気持で一杯ですね。来年をうたう事は出来ないんです。過去いつも過去をうたっていなければならないんです」「過去にこだわっているんです。しかしその事が、今生きて行く力になっているんじゃないかとも思っています。（略）」

（『文章倶楽部』一九五五年八月号、「年譜」Ⅲ）

それは「ノスタルジア」とは少し違うニュアンスがある、はずだ。ただ懐かしいというのではなく、異常なまでに執着するのは、自己審問の辛酸がその本体であるからである（後述）。

九月、産業経済研究所に就職（後、倒産）。

八月、新人に席を譲るため、投稿を中止してくれるように、との掲示が『文章倶楽部』誌上に出る。以後作品は本欄に掲載される。

一九五六年四月、田中和枝（大正六年生まれ、三八歳。石原は四〇歳）と結婚。和江は前夫をシベリア抑留で失い、再婚だった。石原の弟の仲介によるお見合いだったが、最初、和江は「見るからに暗い感じでいやだ」と断った。仲人は石原の伯父夫婦（多田茂治『石原吉郎「昭和」の旅』一八一頁）。両家の弟夫婦も出席した。

この時期、「一九五六年から一九五八年までのノート」、「一九五九年から一九六二年までのノート」、「一九六二年以後のノート」の三つのノートが書き継がれる。「思索の training」ということであろう（「ノート」一九五九年一〇月三一日『日常への強制』Ⅱ）。むしろ、自己審問する石原の文学の原形があると言える重要な「ノート」である。例えば、次のような一節がある。

「存在しても、しなくてもいいような時間ばかりが、無限に私の背後へ堆積して行く。いやらしいむなしさ。そのなかで私は、ただ働き、なんの意味もなくしゃべり、そして生きている。これはもはや〈生〉ではない。もし私に、力強い戦慄とともに、暗い絶望がおとずれるなら、どのように勇気に満ちて生きていくことができるであろう。事実は、〈絶望〉というものさえも存在しないところに、このいやらしい、腐食的な暗さのみなもとがあるのだ。そして、このいやらしい暗さがキェルケゴールのいう〈死にいたる病〉なのであろう」（「ノート」一九五六年一月二八日。以下「ノート」についてはこういう出典表記をする。以前にもやっているが）

キ（エ）ルケゴールの『死にいたる病』の本質をとらえている（石原がどの版で読んだかは不明）。キルケゴール（一八一三〜一八五五）は「死にいたる病」とは絶望のことであると言い、絶望には三種あると言う。

［絶望は精神における病、自己における病であり、したがってそれには三つの場合がありうる。

①絶望して、自己をもっていることを自覚していない場合（非本来的な絶望）。

②絶望して、自己自身であろうと欲しない場合。

③絶望して、自己自身であろうと欲する場合］

（セーレン・キルケゴール「死にいたる病」一八四九、『世界の名著40　キルケゴール』枡田啓三郎訳、中央公論社、一九六六。①、②、③は便宜上新木が付し、改行した）

石原が言う［いやらしいむなしさ］の中で、［ただ働き、なんの意味もなくしゃべり］、［絶望というものさえない］［いやらしい、腐食的な暗さ］というのは①か②に当り、①は異教徒、自然的人間、②はキリスト教徒として弱い人間の絶望、であり、これこそ〈死にいたる病〉である。キルケゴールによれば、絶望しているという自覚が無い。[絶望していないということは、それこそ絶望していることでありうるからであ]り、[自分を精神(自己自身=注)として意識していないということこそ、まさに絶望なのであり]、[世間でいちばん普通なものである]。[キリスト教がこの世と呼んでいるもの、すなわち異教徒や、キリスト教界のうちの自然的人間(略)は、まさにこの種の絶望なのである]。[実際、世間と呼ばれているものは、いってみれば、この世に身売りしているそういう人々ばかりから成り立っているのである]。[俗物根性は精神がないおかげで勝ちほこれる]のである([死にいたる病]前掲書、四五〇、四七六、四六三、四七二頁)。

むしろ③のように、[暗い〈絶望〉がおとずれ](石原)、[弁証法的に一歩を進めて、このような絶望者が、なぜ自分は自己自身(精神=注)であろうと欲しないのかというその理由を意識するにいたるならば、事態は逆転して、反抗が現われる。というのは、このときこそ絶望者が絶望して自己自身であろうと欲するのだからである](『死にいたる病』前掲書、五〇四頁)。

絶望への反抗という弁証法が生み出す受難の生き方のほうが勇気に満ちて生きて行ける、と石原は言う。これは[強い]人間のあり方であり、逆説というか背理というか、石原の感受性、心の位相、すなわちペシミズム(僕の言い方ではマゾヒズム)を端的に知りうる文である。石原はすでに進行中の自己審問を、自己と精神を取り戻す行為として、詩や散文(エッセイ)を書くことになる。

一九五八年七月、ハバロフスク俳壇で一緒だった斎藤保の世話で、海外電力調査会に臨時職員として就職（六二年正規職員となり、死去の一九七七年まで同会に勤務。海外（主にソ連）の電力事情を調査・翻訳する仕事にあたる）。詩やエッセイを書いて生活出来ないことを良く知っていた石原はサラリーマンでもあった。社員旅行にも参加した。

秋、ハルピン俳壇の有力俳人であり、斎藤保の師匠である佐々木有風主宰の俳句結社『雲』に参加、俳号はハバロフスクの時と同じ青磁、のちに、せいじ。また鮎川信夫が中心の『荒地』同人となる。

一九五九年三月、『ロシナンテ』一九号で終刊。一〇月、滋賀県で発行されていた『鬼』同人となる。大野新、天野忠、粕谷栄市らがいた。この年、「肉親へあてた手紙」が書かれる（大野新が編集する『ノッポとチビ』一九六七年に掲載。和江夫人にショックを与える。その経緯については、細見和之『石原吉郎　シベリア抑留詩人の生と詩』二三五頁以下に詳しい）。

一九六〇年三月、鹿野武一の死を知る。鹿野は妻キエの郷里近くの新潟県立高田病院の薬剤師として勤めていたが、宿直の夜、心臓麻痺で亡くなった（後述）。

九月、埼玉県入間郡福岡村上野台公団住宅八一－三〇二へ転居。生涯の住居となった。（一九七二年市制施行により、上福岡市上野台団地となる）

一九六三年一二月、帰国後一〇年、詩集『サンチョ・パンサの帰郷』（思潮社）刊行。その

「あとがき」にヴィクトル・フランクルを援用して書いている。

〔〈すなわち最もよき人びとは帰って来なかった〉。〈夜と霧〉の冒頭へフランクルがさし挿んだこの言葉を、かつて疼くような思いで読んだ。あるいはこういうこともできるであろう。〈最もよき私自身も帰ってこなかった〉と〕（後述）。翌年、日本現代詩人会の第一四回H氏賞を受賞。

一九六七年、『石原吉郎詩集』（「いちまいの上衣のうた」を収録）（思潮社）

一九六九年、帰国から一五年、エッセイを書き始める。「確認されない死のなかで」（『現代詩手帖』二月号）、「ある〈共生〉の経験から」（『思想の科学』三月号）、発表。『現代詩文庫26石原吉郎詩集』（思潮社）。

一九七〇年、「ペシミストの勇気について」（『思想の科学』四月号）、「オギータ」（『都市』第三号）、「沈黙と失語」（『展望』九月号）、「強制された日常から」（『婦人公論』一〇月号）発表。

一二月、エッセイ集『日常への強制』（「斧の思想」を収録）（構造社）出版。

一九七一年、「終りの未知」（『展望』四月号）、「望郷と海」（『展望』八月号）発表。

一九七二年二月、詩集『水準原点』（山梨シルクセンター）。「弱者の正義」（『展望』八月号）発表。エッセイ集『望郷と海』（筑摩書房）（『日常への強制』から詩をはずし、「望郷と海」などを加えたもの）。（香月泰男はこの本を読んだだろうか？）

一九七三年、『望郷と海』で歴程賞受賞。

一九七四年一月、詩集『禮節』（サンリオ出版）。二月、句集『石原吉郎句集』（深夜叢書社）。一一月、エッセイ集『海を流れる河』（花神社）。

一九七五年四月、詩集『北條』（花神社）。八月、日本現代詩人会会長となる（七七年七月まで）。

一九七六年二月、エッセイ集『断念の海から』（日本基督教団出版局）。五月、『石原吉郎全詩集』（花神社）。

一九七七年八月、対談集『海への思想』（花神社）。一一月一四日、死去。六二歳。一二月、詩集『足利』（花神社）。

一九七八年二月、詩集『満月をしも』（思潮社）。三月、歌集『北鎌倉』（花神社）。八月、エッセイ集『一期一会の海』（日本基督教団出版局）。

一九七九年〜八〇年、『石原吉郎全集』全三巻（花神社）。

二、石原吉郎の位置

強制収容所（ラーゲリ）という極限状況の中で生きようとする努力について、直接その状況を知らない者に取っては何を言うのも僭越不遜なことではあるが、僕は僕自身のために石原吉郎について語りたいと思う。石原は、「広島について、どのような発言をする意志ももたない」と言う。なぜなら「自分は広島の目撃者ではないから。人間は情報によって告発すべきではない」(「三つの集約」『海を流れる河』Ⅱ)と言うのである。

これには多少の違和感がある。現場に居ない者は何も言えないということになるが、そんなことはないと思う。丸木位里・俊は「爆心地の話をつたえてくれる人は、誰もいません」と言っている(『ピカドン』一九五〇)が、現場にいなかった丸木は「原爆の図」を描き、被爆者は自分の体験を伝え、継承して平和な社会作りに役立ててほしいと願っている。石原は、「Ｆｒａｕｋｏｍｍ！」という詩を「ドイツ難民白書」から「情報」を得て書いている。

辺見庸は、石原の「私は告発しない。ただ自分の〈位置〉に立つ」という言葉を引きながら、「かなりつよい疑問がわきます。わたしはこれらの文言に何年も何年も遅疑逡巡してきたものです。遅疑逡巡は3・11以降、わりあいはっきりした反対へと変化しました。(略)広島から福島を、福島から広島を想う方法がわるかろうはずはありません。／また過去および現在の死者から、未来の死者の悲惨までさきどりする試みは、ふそんどころか、いまなすべきことではないかとも思います。告発しないのではなく、自分の〈位置〉に立って自他を告発することこそが、「私」という単独者を責任ある主体にする契機になるのではないでしょうか。目撃していないから発言しないというのではなく、視えない死をも視ようとすることが、いま単独者のなすべきことではないか。そうわたしは自身に言いきかせるしかありません」(辺見『瓦礫の中か

ら言葉を　わたしの〈死者〉へ』ＮＨＫ出版新書、二〇一二）、と言う。

辺見の言うことは、昔からみんなやってきたことであり、僕にも異存はない。僕は今この稿を、石原が書き残した「情報」、作品・資料や、石原を論じた「情報」に拠って書いている。

前述のように、石原が最初に始めた表現行為は詩である。詩は書けた。

「〈みずからに禁じた一行〉とは、告発の一行である。その一行を切りおとすことによって、私は詩の一行を獲得した。その一行を切りおとすことによって、私の詩はつねに断定に終ることになった。いわば告発の一歩手前へふみとどまることによって、断定を獲得したのである」　（「ノート」一九六三年以後『日常への強制』Ⅱ、傍点原文）

「詩とは、〈沈黙するための言葉〉の秩序である」　（「ノート」一九六三年以後、同）

「〈詩〉とは、混乱を混乱のままで受け止めることのできる唯一の表現形式であったと言って良いと思います。帰国直後の精神的な混乱とアンバランス、そしてそれに当然付きまとう失語状態から、曲りなりにも抜け出すことができたのは、私に〈詩〉があったからだと思います」　（「〈体験〉そのものの体験」『一期一会の海』Ⅱ）

（しかし、後に別の場所では、「告発しないということは、その人が地上に存在している限りは、その存在自体が一つの告発の形であると言わざるをえないであろうと思いますが、それはもう仕方のないことです」（「随想　告発について」一九七五）とも言っている。）

ちなみに、アルチュール・ランボー（一八五四〜一八九一）は世界の「不可能」を知り、詩を書くことを断念し、アフリカへ逃走したのだったが、石原は「告発」を「断念」して詩・文を書き始めたのだった。

石原は体験の主体化を、詩を書くことによって始めたが、決して分かりやすいものではない。前述のように、ハバロフスクで俳句を作った時、取締り側の判読を寄せ付けないために韜晦的抽象的な表現法をとったということがあったわけだが（「私の詩歴」）、そのような表現方法が、詩にも用いられているのであろう。

石原は「見たものは／見たといえ」（「事実」『サンチョ・パンサの帰郷』Ⅰ）、と書く一方（しかし「事実」とは何だろう?・）、「隠せるだけ隠すというのが私の詩の書き方です」（「随想・詩作について」Ⅰ）と言うのである。自分だけは分かり、他者の理解を拒絶している、のかと思えるほどである。

試みは成功していると言えるだろう。石原吉郎の詩を読んでも、正直に言うけど、僕にはひとつも理解できない（いや、少し分かるところもある）。「混乱を混乱のまま」、「隠せるだけ隠」して書かれたら、読む者がさらに混乱するのは当然である。難解なのは当たり前である。隠されたものは、僕（ら）の判読を寄せ付けない（取り締ろうとしてはいないのに）。石原が何を隠したのか、想像出来ない。さらに、詩を書く時、一行目と二行目がロジカルにつながっていると、それは断絶をもった形にするよう、書きながら消す。そしてそこに生じる落差のようなも

料金受取人払郵便

博多北局
承認

0215

差出有効期間
2020年8月31
日まで
（切手不要）

郵便はがき

812-8790

158

福岡市博多区
奈良屋町13番4号

海鳥社営業部 行

通信欄

通信用カード

このはがきを，小社への通信または小社刊行書のご注文にご利用下さい。今後，新刊などのご案内をさせていただきます。ご記入いただいた個人情報は，ご注文をいただいた書籍の発送，お支払いの確認などのご連絡及び小社の新刊案内をお送りするために利用し，その目的以外での利用はいたしません。

新刊案内を［希望する　希望しない］

〒　　　　　　　　　☎　　（　　　）

ご住所

ご氏名《フリガナ》

（　　　　歳）

お買い上げの書店名

石原吉郎の位置

関心をお持ちの分野

歴史，民俗，文学，教育，思想，旅行，自然，その他（　　　　　）

ご意見，ご感想

購入申込欄

小社出版物は，本状にて直接小社宛にご注文下さるか（郵便振替用紙同封の上直送いたします。送料無料），トーハン，日販，大阪屋栗田，または地方・小出版流通センターの取扱書ということで最寄りの書店にご注文下さい。なお小社ホームページでもご注文できます。http://www.kaichosha-f.co.jp

書名		冊
書名		冊

のが詩の魅力だと言う（北村太郎との対談「『サンチョ・パンサの帰郷』の周辺」『海への思想』Ⅲ）。確かに彼の詩の魅力（ポエジー）はその落差が生み出しているが。

しかし、手術台の上で傘とミシンが出会った（ロートレアモン）って、どういうこともなかろう。石原の詩がシュールレアリスムであったわけではないが。一つの場に、あるものHともう一つ別のものOが出会う。これならH_2Oができて素晴らしい化学変化である。「あめつちの酸素の神の恋成りて水素は終に水となりけり　石川啄木」。またCとOが出会うとCO_2となる。緩ければ酸化、劣化、老化し、激しければ爆発する。素晴らしい、もしくはいまわしい化学変化である。よく分からないAとBが出会って、何かを隠すため、ロジカルにつなげず、AとBとは断絶させると、AとBはそこにあるだけで何の脈絡もないようにみえる。混乱は混乱を呼び、ちんぷんかんぷん。その暗号・なぞ（なぞ）を解読する手段を、僕（ら）は持っていない。前提、背景、縦横斜め、前後左右が（ある程度）分からないと分からない。谷川雁の詩について言ったことがここでも言える。歯車が嚙みあって話が進むところを、途中の歯車が二つ三つはずされていると、訳が分からなくなる。あるいは伏字があると、読む者の頭の中は「?」であふれかえる。想像力や理解力が全面退却してしまう。

例えば、「バリバリと氷踏みわる夜道哉　しぶ六」という俳句があって、これを解釈するに、例えば、一杯飲んで帰宅した父親が、子どもに、道に氷が張っていることを教え、その子が外に出て、氷をバリバリ踏みわっている、という解釈は自由であるが、しかし、しぶ六は堺利彦の戯号であり、大逆事件で殺された幸徳秋水（一八七一～一九一一年一月二四日）らの遺体を、翌日引き取りに行き、棺桶を荒縄でしばり、丸太を通して、氷をバリバリ踏みわって、落合火葬場に運んで行く夜道、という背景を知れば、そうのん気なことは言えなくなる。前提・背景・コンテキストは重要なのである。

石原自身、次のように言っている。

「詩人が詩を書くことで最終的にかくしぬこうとするものを、軽卒に問うたり、不用意にあばいてはならない。それは詩を読むということは、その詩の「意味」をたずねることではなく、その詩を書いた「姿勢」を受けとめることだからである。なにごとかをかくしぬく姿勢で書かれた詩は、その姿勢のままで受けとめなければならない。それが詩を読むものの節制であり、礼節である」（「姿勢ということ――関川かほ詩集『砂の国のお話』について」一九七一『海を流れる河』Ⅱ）

これは石原からの注文であるが、僕は、批判しようというのではない、本当のところが知りたいと思う。詩を書いて公表公刊するということは社会化するということである。隠したものをあばくなとか、意味を尋ねるな、穿鑿するな、礼節を弁えろとか言われても困る（いや、そう言われれば、普通、一瞥して（または一瞥もしないで）通り過ぎてしまうか、あるいは余計に興味が湧いてくるものだが）。詩の意味を、作者と読者が分かりあい共有できてこそ、社会化の意味がある。できれば、「見たものを見た」という姿勢で書いて欲しかった（それには、エッセイを書くまで一五年かかったということなのだろうが）。

隠せるだけ隠すという方針で書かれた彼の詩を、俳句のようだという人もいるし、「位置」という作品を、イエスの磔刑の場面だろうとか、銃殺の場面だろうという人がいる。韜晦と隠すこと、省略と飛躍、断絶と隠喩を駆使して彼が作品の中に隠蔽したものを解釈するには、暗号を解くような困難が伴う。隠したのは肝心要のことだから。石原の詩に関して、批評家たちが「散文でパラフレーズできない」とか「詩を越えたもの」とか言ったりするが、要するに核心を摑めずに、戸惑っているのだ。誤解する自由はあるにしても。

次の引用は、「位置」（『鬼』一九六一年八月号。詩集『サンチョ・パンサの帰郷』の冒頭、I）の全文である。

［しずかな肩には
声だけがならぶのでない
声よりも近く
敵がならぶのだ
勇敢な男たちが目指す位置は
その右でも　おそらく
そのひだりでもない
無防備の空がついに撓《たわ》み

正午の弓となる位置で
君は呼吸し
かつ挨拶せよ
君の位置からの　それが
最もすぐれた姿勢である」

これだけ読んでも、何時、何処で、誰が、誰に、何を、何故、如何したのか、よく分からない。前提も背景も不明だから。分かっているのは作者が石原だということだけである。石原は一行目と二行目がロジカルにつながる構成を破壊した形にして、書き消して詩を書いたのだから。

さしあたり、「敵」という言葉を記憶しておいて、エッセイの方に進むことにする。

シベリアは石原の原点である。僕（ら）もその現実を知らねばならない。石原吉郎にとって八年間のシベリア抑留は人生の全てといっていいほど、過酷な体験であった。彼は気の弱い、倫理的な生まれであり、宗教・哲学・文学青年であり、抑留体験を振り返れば、自己嫌悪に押し潰されそうになる。彼は（立ち上がれないまま）シベリアにうずくまり、シベリアに執着し、自身を再検証する。石原は、シベリアでの出来事をはっきり覚えていて過去にこだわる。あたかも抑留はいまだ続いているということになる。時間は止ったままである。しかし過去を立て直す事が、今生きて行く力になっているんじゃないかとも思っている、と言う（前掲の「ノスタルジー」とはニュアンスが違う）。

「そのとき私を支配していたものは、ただ確固たる無関心であった。おそらくそれは、ほとんど受身のまま戦争に引きこまれて以来、ついにたどりつくべくしてたどりついた無関心であったかも知れぬ。そしてそのような無関心から、ついに私を起ちあがらせるものはなかった。だがこの無関心、この無関心がいかにささやかでやさしく、あたたかな仕草ですべてをささえていたか。私にとって、それはほとんど予想もしないことであった。実際にはそれが、ある危険な徴候、存在の放棄の始まりであることに気づいたのは、ずっとのちになってからである。私の生涯の全ては、その河のほとりで一時間ごとに十分ずつ、猿のようにすわりこんでいた私自身の姿に要約される。のちになって私はその河がアンガラ河の一支流であり、タイシェットから北方三十キロの地点であることを知った。原点。私にかんするかぎり、それはついに地理的な一点である。しかしその原点があることによって、不意に私は存在しているのである。まったく唐突に。私はこの原点から、どんな未来も、結論も引き出すことを私に禁ずる。失語の果てに原点が存在したということ、それがすべてだからだ」

（「沈黙と失語」『日常への強制』Ⅱ）

これは無関心から失語に至る過程の自己分析であるが、アンガラ河の一支流の辺でうずくまり、「存在を放棄」していたという思い出、その「原点」から、すなわちその「位置」から起ち上がろうとする行為、それは取りも直さず自己検証であり、石原の自己回復の契機である。どんな未来も結論も引き出すことを自身に禁ずるというのは、以下見て行くとおり、告発しない、事実に留まるということの意志表示である。彼は「原点」にこだわり、その「位置」から彼の思索を開始する。「続抑留」という所以である。石原は、菅季治《かんすえはる》が見た「あいつ」が言うように（後述）、人間はもっと美しいものと思っていたと思われる。即ち失われた「最もよき私自身」を取り戻そうとしているのである。キルケゴールの言う［③絶望して、自己自身であろうと欲する」タイプである。「私は私自身を救助しよう」（「秋の悲嘆」）と言ったのは富田永大郎（一九〇一〜一九二五）であるが、自己救済が石原の文学的営為なのである。

石原は、戦後復興のなかで、戦争責任を放り出し、「生きよ、堕ちよ」と欲望を全開にし（欲望は倫理に先立つから）、戦後社会に適応し、金目の物をめがけて生きるタイプではない。豪放に磊落に、明るく図太くやり過ごせるような性格ではなかった。難しいことは考えず、のんびりと暮らしたいとか、パンとサーカスがあれば生きていけるというタイプでもない。石原は倫理という欲望を優先させたのである。ちなみに清水昶《あきら》の話では、彼のいきつけの食堂のおやじさんは、ラーゲリでの体験を、じつに楽しそうにしゃべっていたそうである（清水「語らざる他者」一九七八、『詩人石原吉郎』海風社、一九八七、二四二頁）。キルケゴールの言う［①絶望して、自己をもっていることを自覚していない場合」なのであろうか。帰還者五十数万人のそれぞれのシベリアというか。この違いはどこから生じるのだろうか。

「私は戦争が終った昭和二十年の冬から、昭和二十八年の冬まで抑留されて、その期間のほぼ半分を囚人として、シベリアの強制収容所で暮した訳ですけれども、実際に私に強制収容所体験が始まるのは帰国後のことです。と言うのは、強制収容所の凄まじい現実の中で、疲労し衰弱しきっている時には、およそその現実を体験として受け止める主体なぞ存在しようがないからです。したがって、私に内的な体験としてのシベリア体験が始まるのは、帰国後、自己の主体を取り戻してきたときからです……」

（石原「〈体験〉そのものの体験」『一期一会の海』Ⅱ）

シベリアでは、主体であるべきもののうえを経験が風のように通り過ぎて行った。あるのは、疲労し衰弱した主体ともいえない主体であり、不可解な強制された日常と、自分で勝手に設けたタイムリミットだけである。むしろ「物を考えない、考える力がないということが囚人をすくっている」（「強制収容所の一日」『一期一会の海』Ⅱ）。毎日を「無関心」に、「失語状態」で、ただ一日ずつ、一月ずつ消して行くしかない。零下四〇度の冬のマロース（極寒）と、マシカ（毒ぶよ）の夏。それは石原にとって外的な体験に過ぎなかった。過酷な現実は一つの日常となっていた。次は、冬の過酷を綴った文である。「考える力」がなくなるのも自然であろう。

「冬場のタイガでは、発した声が、見るまに凍って行くさまを見るような錯覚になん度もとらえられた。／雪は十一月の終りから十二月の初めにかけてはげしく降り、その後はほとんど降らない。降りつもった雪は、零下四十度を上下するマロース（極寒）にさらされて次第に凍結し、固い凍雪《いてゆき》となる。なんびとも冬と自然とのこのサイクルを変えることはできない。／「身も心も凍る」という実感を、私は文字どおり味わった。ここでは、自然に拮抗するものはもはや人間ではない。人間はすでに、自然の沈黙の一部となってしまい、その沈黙に拮抗するようにして、冬そのものがある。／人間が冬の自然に耐えるという段階はすでに終っていた。そこでは、人間はほとんど死者であり、その墓標のように、白く凍った樹木がひっそりと立ちならぶ。ここでは、タイガを支配するのは静寂というようなものではなく、完全な黙殺である。人間はタイガのただなかで、ひたすら黙殺されつづける。黙殺のそのようなすさまじさに、私はそれまでも、そしてその後も出会ったことがない。／それぞれの樹木は、それぞれの空を持ちつつ立ちならぶ。私にはそれらの樹木が、大地に生えているというよりは、むしろ杭となって、大地に打ちこまれているように見えた。みずからを地に打ち込む。それが樹木の倫理なのであろうか。樹木が墓標に見えたことも、おそらくはそのような倫理にかかわりがある。それは冬そのものの倫理に直結している。タイガの冬を通して、私は秋霜烈日ともいうべき倫理に監視されつづけた」

（「冬とその倫理」『断念の海から』Ⅱ、傍点原文）

タイガのマロースに黙殺される人間、発した声も凍りつき、墓標のように立ちならぶ白く凍った樹木。［考える力］はなくなっても、客観的に冬の倫理が監視し続けた。

冬のマロースが終ったという安堵は大きかったが、バム地帯での最悪の季節はじつはそれから始まった。五月になるとマシカという毒ぶよが一夜にして発生した。

［ある朝私たちは戸外に出るやいなや、マシカの群れのなかにいた。むき出しになった皮膚という皮膚へ針で刺すような痛みとともにわっとまつわりついたものを、私たちははじめ理解できなかった。この地域に数年前からいる少数の〈経験者〉を除けば、私たちはほとんどこれについて無知であった。経験者たちは、およそ必要な警告や助言を私たちに与えなかったのである。彼らのこのような態度はどうにでも説明がつくが、結局は「いずれ自分でわかることだ」という隣人の苦痛への徹底した無関心につきる。（略）マシカにとりつかれたら、手ばやくこれをふりおとす。ころしてはならない。刺された痕はなるべく水で冷やす。掻いてはいけない。マシカはいったんとりついたら、からだいっぱい血を吸ってしまうまではけっして飛びたたない。ほとんど逆立ちするような姿勢で皮膚に食い入ってくる胡麻粒ほどのマシカをつぶすのは、蚊をころすよりも容易である。それはただ、てのひらでおさえるだけでたりる。しかし、おさえた結果はさらに悲惨である。血の匂いにはおどろくほど敏感なマシカは、おしつぶされた血の痕へあっというまに集まってくる。無経験な私は、最初の日にこの失敗を犯した］

（「オギーダ」『日常の強制』Ⅱ）

マシカの攻撃にさらされ、不用意にたたきつぶすと、それ以上の逆襲にあう。経験者はそれを教えない。自分で経験を通して学ぶしかなかった。それは［なんの苦痛の代償もなしに他人に先取りされるのは許せないという、囚人特有のエゴイズムにほかならない」（同）。
このマロースとマシカについて書かれた文は名文である。「考える主体」を取りもどして考えた名文である。

冬は倫理であり、夏も倫理である、と石原が認識するのは、帰国後のことである。「内的な体験」としての、シベリア追体験が始まる。石原は「過去にこだわり」、シベリアの「日のあけくれがじかに不条理な」状況での「お互いの行動をはっきりおぼえて」おり、「人間として失ったもの」を、そこに「猿のようにすわりこみ」「うずくまったまま」の自分をたどり直し、自己検証することが、彼の人間性・主体性を回復する過程であった。

シベリア抑留の閉鎖された日常から、サンフランシスコ平和条約（一九五一年九月）が結ばれ、スターリン死去（一九五三年三月五日）、朝鮮戦争が休戦に入り（一九五三年七月二七日）、朝鮮戦争特需で戦後復興の最中にある戦後日本の日常に、「つきとばされる」ように、わずか一日でまたいでしまった石原には、新しい環境に「適応」できず、ただ違和感と混乱と精神的なアンバランスだけがあった。事態を把握するには時間がかかる。失語状態から言葉を取り戻すには、環境と体力と相当の時間が必要である。

石原は帰還直後から書き始めた日記を一九五五年中に焼却している（「ノート」一九五六年一月一日の記述、Ⅱ）。その中身を知ることは今さら出来ないが、石原自身の意に染まなかったのであろう。つまり、「やっぱり、うらみつらみをたくさん言っていますよね。それを全部消してしまいたいと思って……」（「日常を生きる困難」『海からの思想』Ⅲ）。［うらみつらみ］や他者を告発するような、被害者意識やルサンチマンの強い内容だったとみずから語っている。石原が［敗北感］と言うのはそういうことだろう。この行きづまりを克服しなければならない（後述）。

［不必要な一切の享楽から遠ざかり、固く己の孤独に立ち、負うべき苦悩にはしっかりと耐え、勇者の如く滅んでいかねばならぬ］（「ノート」一九五六年一月一日、Ⅱ）

石原はシベリア抑留体験を検証・総括しないことには、死ぬに死ねなかったのであろう。〈最もよき私自身〉を取り戻すには、即ち自己を救助するためには、自身の足場、即ち［姿勢］・［位置］を固めることが先決であった。

［私は告発しない。ただ自分の〈位置〉に立つ］（「ノート」一九六三年以後、Ⅱ）

［私にとって散文とは、それを書くための主体が確立されない限り、始まりようのなかった表現形式であったわけです］（「詩と信仰と断念と」『断念の海から』Ⅱ）

［ある偶然によって私たちを管理したものが、規定にしたがって私たちを人間以下のかたちで扱ったにせよ、その扱いにまさにふさわしいまでに私たちが堕落したことは、まちがいなく私たちの側の出来事だからである］（「強制された日常から」『日常への強制』Ⅱ）

抑留という強制的な状況で起きた事柄であるが、その堕落は、堕落した本人の責任であるという厳しい倫理観が、石原にはある。そうして自身と向き合い、［いちばんいやな話をはじめ］

（「ノート」一九六〇年五月二日）、失語状態を克服し、混乱を整理し、自己検証を進め、ようやくエッセイ（［散文］）の第一作「確認されない死のなかで」（『現代詩手帖』一九六九年二月号）が書けた。体験そのものを体験するには（「〈体験〉そのものの体験」）、つまり、［告発しない］という［位置］を確定し、外的体験、もしくは原体験を追体験し、内的体験として主体化する必要があった。それには、一五年の時間を必要としたのだった。

［その後、私が散文を書き出すまでの十五年程の期間は、外的な〈体験〉を内的に問い直し、それから問い直す主体とも言えるものを確立するための、言わば試行錯誤の繰り返しであったということができます］（「〈体験〉そのものの体験」『一期一会の海』Ⅱ）

［私が散文の次元で私自身の記憶、つまり私自身を整理して、自分の体験をさかのぼるまでに、十五年に近い時間を必要としたということは、その十五年の間に、まず体験を受けとめるための主体を回復して、これを確立するという行為が、無意識のうちに行なわれていたということだろうと思います。つまり、私にとって散文とは、それを書くための主体が確立されない限り、始まりようがなかった表現形式であったわけです］（「詩と信仰と断念と」『断念の海から』Ⅱ）

帰国後一五年経って、〈体験〉を追体験し、混乱の整理もつき、ようやく「主体」を回復し、「告発」せず、ただありのままの事実を、［見たものを見た］という姿勢で、エッセイ（「散文」）を書けるようになった。それは書いては消し、消しては書きという試行錯誤の経過の中でようやく可能になったことであろう。告発しないということは、被害者意識を断念し事実を書くということである。石原の詩は、これらのエッセイに照らし合わせて見ると、前提や背景、コンテキストも分かり、意味も分りやすくなってきたように思われる。しかしそれは同時に我が身を切り刻む行為でもあった。

［最近、抑留生活についての手記を二つまとめました。いずれも、自分自身の記憶を整理する必要にせまられて、書いたものですが、書いてみてそれがどんなに気の重い仕事であるか、あらためて思い知らされました］

（片岡文雄宛書簡、一九六九年三月、Ⅲ）

二つの手記というのは「確認されない死のなかで」（『現代詩手帖』六九年二月号）と、「ある〈共生〉の経験から」（『思想の科学』六九年三月号）であるが、後者の中で、一つの食器を二人でつつき合う、食罐組がどんなにきびしい、はげしい神経の消耗戦であったかを語っている。収容所側の食料の横流しなどがあって、それでなくとも乏しい食事の公平な分配の仕方、また作業の道具の公平な配分の仕方が大問題なのである。食料の多寡や工具の良否が体力の消耗に直接ひびいてくるからである。以下はその詳細であるが、要約や省略を許さない文である。これは告発ではない。批判しているのではなく、［見たものを見た］と「事実」を言っているのである。

［……まず、両方が厳密に同じ寸法の匙を手に入れ、交互にひと匙ずつ食べる。しかしこの方法も、おなじ大きさの匙を二本手に入れることがほとんど不可能であり、相手の匙のす

くい加減を監視するわずらわしさもあって、あまり長つづきしなかった。つぎに考えられたのは、飯盒の中央へ板または金属の〈仕切り〉を立てて、内容を折半する方法である。しかしこの方法も、飯盒の内容が均質の粥類のときはいいが、豆類などのスープの時は、底に沈んだ豆を公平に両分できず、仕切りのすきまから水分が相手の方へ逃げるおそれもあって、間もなくすたった。さいごに考えついたのは、缶詰の空罐を二つ用意して、飯盒からべつべつに盛り分ける方法である。さいわいなことに、ソ連の罐詰の規格は二、三種類しかないので、寸法のそろった空罐を作業現場などからいくらでも拾ってくることができる。分配は食罐組の一人が、多くのばあい一日交代で行ったが、相手に対する警戒心が強い組では、ほとんど一回ごとに交代した。この食事の分配というのが大へんな仕事で、やわらかい粥のばあいはそのまま両方の空罐に流しこんで、その水準を平均すればいいが、粥が固めのばあいは、押しこみ方によって粥の密度にいくらでも差が出来る。したがって、分配のあいだじゅう、相手はまたたきもせずに、一方の手許を凝視していなければならない。さらに、豆類のスープなどの分配に到っては、それこそ大騒動で、まず水分だけを両方に分けて平均したのち、ひと匙ずつ豆をすくっては交互に空罐に入れなければならない。分配が行われているあいだ、相手は一言も発せず分配者の手許をにらみつけているので、はた目には、この二人が互いに憎みあっているとしか思えないほどである。こうして長い時間をかけて分配を終ると、つぎにどっちの罐を取るかという問題がのこる。これにもいろいろな方法があるが、もっとも広く行われたやり方では、まず分配者が相手にうしろを向かせる。そして、一方の罐に匙を入れておいて、匙のはいった方は誰が取るかとたずねる。相手はこれに対して「おれ」とか「あんた」とか答えて、罐の所属がきまるのである。このばあい、相手は答えたらすぐうしろをふり向かなくてはならない。でないと、分配者が相手の答えに応じて、すばやく匙を置きかえるかも知れないからである」

「私たちはもっとも近い者に最初の敵を発見する」

「私たちをさいごまで支配したのは、人間に対する（自分自身を含めて）つよい不信感であってここではすべて自分の生命に対する直接の脅威として立ちあらわれる。しかも、この不信感こそが、人間を共存させる強い紐帯であることを、私たちはじつに長い期間を経てまなびとったのである」（「ある〈共生〉の経験から」『日常への強制』Ⅱ、傍点原文）

食罐組の記述は、平時から見れば、自嘲とも戯画ともいえるような書き方になっている（ここではＡとＢの二人の間のことを書いているが、ＣとＤの二人の間も揉めたのである。さらには、Ａ・ＢとＣ・Ｄの間の問題もあったはずだ）。当事者には、もちろん笑い事ではない。文字通り命に関わることだったのだ。弱者同士のたたかい。強制された共生。同じ釜の飯を食った仲というのは事実だが、だから仲良しといった発想は、皆無なのである。石原は事実、これを見たし、自ら体験した。

「強制収容所内での人間的憎悪のほとんどは、抑留者をこのような非人間的な状態へ拘禁しつづける収容所管理者へ直接向けられることなく（それはある期間、完全に潜伏し、潜在化する）、おなじ抑留者、それも身近にいる者に対しあらわに向けられるのが特徴である。それは一種の近親憎悪であり、無限に進行してとどまることを知らない自己嫌悪の裏がえしであり、さらには当然向けられるべき相手への潜在化した憎悪の代償行為だといってよいであろう。／こうした認識を前提として成立する結束はお互いがお互いの生命の直接の侵犯者であることを確認しあったうえでの連帯であり、許すべからざるものを許したという、苦い悔恨の上に成立する連帯である。（略）この連帯のなかではけっして相手に言ってはならぬ言葉がある。言わなくても相手は、こちら側の非難をはっきり知っている。それは同時に、相手の側からの非難であり、しかも互に相殺されることなく持続する憎悪なのだ。そして、その憎悪すらも承認しあったうえでの連帯なのだ。この連帯は、考えられないほどの強固なかたちで、継続しうるかぎり継続する。／これがいわば、孤独というものの真の姿である。孤独とは、けっして単独な状態ではない。孤独は、のがれがたく連帯のなかにはらまれている」

（「ある〈共生〉の経験から」『日常への強制』Ⅱ）

強制収容所での〈共生〉の中での全き孤独、あるいは単独ということが出来る。お互いがお互いに対する非難を潜在化させ、憎悪を承認しあったうえで、それでも共生、連帯していくしかない。共生の強制、それは文字通り辛酸であった。石原は「もっとも困難な状況でのお互いの行動をはっきりおぼえて」いた。そしてここにも「敵」という言葉が出てくる。「敵」は、自分自身にもっとも近い「位置」にいる他者であり、自分自身である。これはリアリズムである。詩「位置」（本書四七頁）における［敵］とは、こういうことであっただろう。アンガラ河の一支流のほとりでうずくまっていた原点から、石原が思い出したのは、このような「位置」であった、と言うことができるだろう。

もう一つの経験として、収容所から作業現場への五列行進の模様を見てみよう。

囚人たちが朝の整列をさせられて、監視者から名前（石原は発音が近いシガーラ（葉巻）と呼ばれていた）が呼ばれる前に、列のどの位置に並ぶかという問題がある。というのは列のどの位置を確保するかは、命に関わる問題だったからである。内側の三列は比較的安全であるが、外の二列はよろけたり躓いたりすると、逃亡とみなされ射殺されかねない。それは食罐組の食料の分配の場合に似て、過酷な神経の消耗戦であった（しかし進んでその外側の二列の位置を引き受けようとした鹿野武一という真に勇気ある男については、後述）。

ここまで明らかになった背景、状況、コンテキストを参考に、いま試みに、前掲の「位置」という詩をパラフレーズしてみよう。式と答を試みる。ここでも、囚人は互いに［もっとも近い者に最初の敵を発見したのである］。ここにおいて［勇敢な男たちが目指す位置は／その右でも　おそらく／そのひだりでもない］、中の三列である。そして声よりも近くならんでいた「敵」とは、石原にとって、そのように列の中の安全な位置を確保しようとするエゴイスチックな己自身であった。食罐組においても［分配のあいだじゅう、相手はまたたきもせずに、一方の手許を凝視していなければならない」など、事情は同じであっただろう。石原はそのように「凝視」している自分を凝視していたのである。なぜなら凝視《みっ》見つめない目は駄目になるからである。

　しかし「無防備の空がついに撓み／正午の弓となる位置で／君は呼吸し／かつ挨拶せよ」というフレーズは隠喩《メタファー》、もしくはなぞ（なぞ）に満ちていて、意味はよく分からない。「無防備の空」って？「無防備の空が正午の弓になる」って？　素樸な田舎者には不可解としか言いようがない。理解力と想像力が全面退却する。本題を言って、全体の状況を言う季語みたいなものか（例えば、「我が抱く思想はすべて／金なきに因するごとし／秋の風吹く　石川啄木」）。それとも現場に居ないから分からないのか？　それとも実際にそういうことがあったのか？　あるいは終戦の「玉音放送」のことか？

　しかし石原は「自分自身が流されていく状態で、ささやかな位置を守るということが、状況の中で生きるということと、ほとんど同じ意味」（北村太郎との対談「『サンチョ・パンサの帰郷』の周辺」『海への思想』Ⅲ）という状況で、「もっとも困難な状況でのお互いの行動をはっきりおぼえて」（「ペシミストの勇気について」『日常への強制』Ⅱ）いた。欲望が倫理に先立つ状況の中で、辛うじて残ったなけなしの自己意識によって何とか持ちこたえながら、自己不信と自己嫌悪に苛まれていたのである。だが苛まれる倫理がある分、石原は勁かったのである。「最もよき私自身」を愛惜している。（『『サンチョ・パンサの帰郷』Ⅰ）

清水旭との対談で、弱者を許さないという発想があるでしょう、と訊かれて、石原は次のように答えた。

［石原　ある（笑）。強制収容所というところはそういうところなんですよ。弱者に対しては徹底的に冷酷なところなんです。弱者っていうか、つまり生きる力の少ない人間がなんとか狡くして立ち廻ってみんなにくっついて行こうとする姿はどういう風に受けとめることもできるけれど、やっぱりいやらしいんだね。人間ってこんなにいやらしいものかと思うんだね。それがすぐ自分に跳ね返って来るわけです。ちょっとしたことでも上手に上手に立ち廻って行くのを、四六時中ひとつの環境の中でみんなに見られているんだから、だれにでもわかるわけだ。人間の狡さというものは、でも、やがては自分もそうなるんだし、だから、それは自分の姿のいやらしさを予め先取りしたような形でもあるわけだね」

（清水昶との対談「生と詩の体験」海風社、一九七五、後、改題して「儀式と断念をめぐって――生と詩の体験」Ⅲ）

［ラーゲリ生活で骨身にこたえて思い知らされるのは、弱者のいやらしさということである。このいやらしさは徹底していて、当人自身でさえつよい嫌悪感なしに自己の行為を容認できないほどであり、しかも見る者の側へ、即座にはね返ってくるという点で、二重に救いがたい。じっさいラーゲリで生きるということは、無数の鏡に囲まれて生きるようなものである」

（「弱者の正義」『望郷と海』Ⅱ）

という文章も書いている。周りには、自身も含めて、辛うじて持ちこたえている人間か、考える力が麻痺した人間ばかりだったのである。石原は針一本のことで弱者に密告されたことがある（後述）。

弱者は自身を守り生き抜くために、厚かましく、あさましく、あざとく、ずるく、状況に「適応」することを厭わない。互に敵になることを厭わない。比較的強い男はその狡猾を厭うが、いずれは同じ穴の狢となる。

「あるときかたわらの日本人が、思わず「あさましい」と口走るのを聞いたとき、あやうく私は、「あたりまえのことをいうな」とどなるところであった。あさましい状態を、「あさましい」という言葉がもはや追いきれなくなるとき、言葉は私たちを「見放す」のである」（「沈黙と失語」『日常への強制』Ⅱ）

言葉に見放された「主体」は、「目の前に生起するものを見るだけ」であり、ものごとは「あたりまえのこと」として流れ去っていくだけである。この時、「鏡」も曇り、「主体」は消えかかっている。自己意識、倫理の危機である。

帰国から数年後のこと、石原は林秀夫（満州電々調査局時代の同僚）を訪ねて酒を飲み、酔いつぶれて横になり、うつらうつらしていたとき、ふと林に洩らした。「おれも、一番苦しいときは、人を売ったからな」。林秀夫が耳にした、石原吉郎の最もいたましい言葉だった。このとき石原は、バムのラーゲリで起こったさまざまなことを語ったそうだが、林は次のように語る。

「彼の話のなかには、到底筆に出来ないようなこともありましたよ。ええ、彼も書いていませんが……」（多田茂治『石原吉郎「昭和」の旅』一二八頁）

そんな状況のなかで、鹿野武一は勇気あるペシミストとして踏みとどまり、別の世界に居た、と石原は見た（後述）。

石原は、実は抑留中も俳句を作っており、その頃の作品四句を思い出して『石原吉郎句集』（一九七四）の補遺として載せている（ハバロフスクでの二句は既に引用した）。

「葱は佳しちちはは愁ふことなかれ
宥めえぬ怒りやつひに夏日墜つ」

（『石原吉郎句集』）

カラガンダでの作である。第一句は、石原は小さいころ、味噌汁の葱だけ残していたが、ここでは葱の成分が栄養補給になってうまかった、父も母も心配しなくていいよ、という事だろう。第二句について。何があったのか分からないが、自身か他者かの「あさましい」行為か、ソ連側の取り締まりか、を怒ったのだろうか。

弱者を許さないという発想は、直ちに自己に再帰する。今日は自制できても明日のことは分からない。「敵」は自分自身であり、自己審問は自身を切り刻む。清濁併せ呑むと言って、おおらかに笑って済ませられる性格ではない。

繰り返すが、帰国後も石原は「過去にこだわり」、シベリアの「日のあけくれがじかに不条理な」状況で、疲労衰弱の中でも「お互いの行動をはっきりおぼえて」おり、「人間として失ったもの」を、そこに「猿のようにすわりこみ」「うずくまったまま」たどり直し、追体験し、自己審問する。これは、キルケゴールのいわゆる「③絶望して自己自身であろうと欲する場合」であり、彼の人間性・主体性を回復する過程であった。そうしないではいられない性格であったし、それが石原の文学であった。そのような「位置」から言うのである。

「さあ、いちばんいやな話をはじめようじゃないか……」（「ノート」一九六〇年五月二日、Ⅱ）

三、香月泰男のシベリヤ

ここで、先に香月泰男について触れることにする。（この項では香月の言う通りシベリヤと表記する。ただしシベリアと表記している箇所もあるので、そこは原文どおりとする。立花隆は若い頃、香月を取材し、ゴーストライターとして香月著となっている『私のシベリヤ』（文藝春秋、一九七〇）を書いた。このことを明かし、『シベリア鎮魂歌――香月泰男の世界』（文藝春秋、二〇〇四）には立花著として『私のシベリヤ』が再録されている。）

香月《かずき》泰男は明治四四（一九一一）一〇月二五日、山口県大津郡三隅村久原で生まれた。祖父春齢の代まで漢方医の家系であり、父貞雄は放蕩して出奔、離婚。大正一一年、大邱で客死した。泰男は祖父母に厳しく育てられた。絵が好きで、昭和二（一九二七）年、再再婚して津和野にいた母八千代に手紙を書き、油絵の道具一式を買ってもらった。

昭和六（一九三一）年、東京美術学校（現・東京芸大）西洋画科に入学。藤島武二の教室に入るが、梅原龍三郎に傾倒。昭和九年、国画会に出品した「雪降りの山陰風景」が梅原と画商で評論家の福島繁太郎の責任推薦により入選した。昭和一一年（二五歳）、東京美術学校を出て倶知安中等学校、昭和一三（一九三八）年、下関高等女学校の美術教師となった。同年、藤家婦美子と結婚。（直樹、慶子、敞子、理樹が生まれた）。昭和一四年、文展で「兎」が特選に入った。

香月は日中戦争（一九三七から）に関して、遠い出来事のように感じていた。国家の運命より自分の絵の運命のほうがはるかに気がかりだった。

昭和一八年（一九四三）年一月（三二歳）、山口西部第四部隊に入隊、練兵場の近くに雪舟が晩年をすごした常栄寺があった。［絵描きがどうして人を殺す訓練をさせられるのか涙が出るほど情けなかった］。四月から昭和二〇（一九四五）年六月まで、おもに満州の興安北省海拉爾《ハイラル》（ほぼ北緯五〇度）で第一九野戦貨物廠営繕係であった。ついに実戦には参加しなかった。家族に水彩スケッチ「ハイラル通信」（絵手紙）を三六〇通、二日に一枚の割合で描き送り、保存するように求めた。

一九四五年八月、ソ連参戦とともに奉天（現・瀋陽）に撤退。八月一五日、敗戦は列車の中で聞いた。一七日、朝鮮の安東（現・丹東）でソ連軍に武装解除され、九月二三日、安東を出発、北へ西へ送られた。行き先がどこかも分からず、［太陽が列車の後方からのぼっている］（「北へ西へ」の言葉書き。山口県立美術館・朝日新聞西部本社企画部編『香月泰男〈シベリア・シリーズ〉展』図録、一九八九、以下『図録』と略す）。

言葉書きというのは、小説にさし絵があるように、絵画に説明文があってもいい、という思いから付したものである。解釈は自由とは言え、作品「一九四五」の「赤い屍体」を仏像（涅槃図？）などと言われては、許容範囲を逸脱する。抽象度が高いと誤解が生じる。自分に忠実であろうとするとますます他人には分かりにくいものになっていく。［純粋絵画の見地からは邪道といえるかもしれない］が、やはりわかってもらいたいという気持ちから、説明文をつけることにした、と言うのである（『私のシベリヤ』、立花『シベリア鎮魂歌』三五頁）。石原吉郎に聞かせてやりたいような言葉である。

石原吉郎は、香月の『画家のことば』の書評として、次のように述べる。

［私は数年前、ある百貨店が開催した「シベリアシリーズ」展を見る機会をもったが、会場へ足を踏み入れた瞬間、タブローの一枚一枚を中心にぎっしりと壁を埋めた文字の氾濫にたじたじとなったのを憶えている。そのほとんどはそれぞれのタブローを中心にした状況や環境の説明であり、画伯自身の感慨の吐露といったものであって、主催者側の企画であったのか、ことさらに寡黙な作品へすこしでも観覧者を近づけようとする意図でそう

なったのか知るよしもなかったが、香月氏とほぼおなじ環境を通過してきた私には、それぞれのタブローの前にただ黙って立つだけでよく、説明のための文字は一切不要のように思えた」（石原「反省と執着——香月泰男『画家のことば』評」日本読書新聞、一九七五年二月『断念の海から』I）

おなじ環境を通過して来、抽象度の高い詩を書いてきた者には分かるかも知れないが、そうでない者には、どこをどう感激していいやら分からず、やはり最小限のガイドというか、背景やコンテキストの説明は必要かと思われる（ただ会場で説明文を読み通すのは疲れるだろうが、抑留の苦難を思えば、そんなことは言っていられない……。）。「語らざれば憂い無きに似たり」（良寛）というのがあるが、絵は言葉として何も語らない。趣旨を限定しない。絵を見れば何らかの情動は起るであろうが、観覧者は、意味も分からず、あるいは誤解して、「憂い」を通りすぎてしまうかもしれない。石原にしても、「「位置」について」、「「耳鳴りのうた」について」や「「フェルナンデス」について」など、自作詩や俳句の注釈は行なっている。

香月らは、二五〇〇人のグループに分けられ、一一月下旬からおもにバイカル湖の西のセーヤ、チェルノゴルスクなどで、森林伐採や穴掘りなどの強制労働をさせられた。マイナス三五度まででは屋外作業があった。伐採した木は薪にして火力発電の燃料にした。一日五立方メートルがノルマだった。ノルマ以上にやるとコーリャンの握飯の増食があったが、消費カロリーの方がはるかに多かった。穴掘りは、ドイツから押収した機械を収めるための倉庫作りで、柱穴を掘るのだが、冬は凍土にスコップの歯が立たなかった（「穴掘り」の言葉書き）。香月はさぼりもせず、頑張りもせず適当に働いていた。妥協してうまくやるタイプだった？

漢方医の家で育った香月には、多少の漢方の心得があった。乏しい食料を補って、シベリヤの野山に生えているアカザ、ニラ、ヨモギ、ユリ、ナズナ、アマドコロ、ノビル、松の新芽、などの野草を食べ（オオバコ、山ゴボウ、豆、この三つはとてもまずくて食べられない）、栄養、ビタミンを補給した。自分たちの行為は、［漢方医の守護神である神農が太古に百草を味わって、薬草を区別した］（「神農」の言葉書き）のと同じように思えた。同時に地獄の餓鬼も自分たちと同じように飢えて何でも食べただろうと思った。「神農」という作品は、［神である神農と、亡者である餓鬼とがいっしょになってできたものだ］（『私のシベリヤ』）。この説明には、なるほど、合点が行く。

［一人の絵かきとして、いつも私は普通の兵隊とは別の空間に住んでいた。生命そのものが危険にさらされている瞬間にすら、美しいものを発見し、絵になるものを発見せずにはいられなかった］（『私のシベリヤ』。立花『シベリア鎮魂歌』三三頁）

［巨木が雪煙りをあげて倒れると、目の前に大きな切り口があらわれた。松の赤い樹皮と、見事な同心円を持つ年輪の肌は、たとえようもなく美しかった。あたり一面の雪の中で、それは能舞台のようなすがすがしさで、はげしい疲労を一瞬忘れさせてくれた］（「伐」の言葉書き『図録』）

切り株の美しさ、鋸の美しさ、太陽や月、雲や星、作業場の近くにあった大きな松の木など、香月は抑留の不条理の中でも自然の美を見つけて救われていた。春になると、極寒地獄のように思えていたシベリヤが、まるで極楽のように変わった。谷間も山も、一面の花、花、花であった。

夏の美しさは忘れられない。星が美しい。満天星の饗宴である。しかしそれはつかのまのことだった。目を落せば、夜目にもしるく非情な有刺鉄線が浮かび上がってくる。香月は囚われの絵かきでしかなかった（「星〈有刺鉄線〉夏」の言葉書き）。マシカは居なかったのだろうか。

香月は画家であり、軍隊でも抑留中でも絵具を手放さなかった。収容所の軍医の肖像画を鉛筆でさらさらと描いてやると、入所の時取り上げられていた絵具箱を返してくれた。彼の奥さんに始まって、本人の肖像、山の風景、所長の家族、警備兵なども描いてやると、特別扱いしてくれて、作業に出る時間も短くしてくれ、お礼にタバコや食糧などを貰うことができた。第二収容所では絵を書く仕事をやらされた。ポスターやスターリンの肖像画も描いた。絵を描かされている間はずいぶんのんびりしていた。自分の描きたいモチーフを絵具箱に書いておいた。葬、月、憩、薬、飛、風、道、鋸、朝、陽、伐、雨の一二文字である。帰国後これを元に、もう一度シベリヤを追体験しながら作品を描いている。

香月は死んだ仲間の顔をスケッチし、日本に帰り着くことができたら、遺族をたずねて一人一人渡してやろうと思っていたが、ソ連兵に見つかり取り上げられた。ソ連兵は、死んだ者を大事にするより生きているお前自身を大切にしろなどと言い、絵を焼いた。

「私は死んだ者も大切にしたかった。死んだ者を大切にすることのうちに、生きている自分を守ることがかかっているように思えたからである。自分を大切にするとは、肉体の生存だけを後生大事にすることではない。それだけならば、誰に命令されずとも、自分を含めて、兵隊たちはあさましいまでに守っていたのだ。人間のいやしさ、さもしさをむき出しにして、生きつづける必死のレースを自分以外のすべての兵隊たちを敵手に闘っていたのだ。レースの落伍者は死者となった。友が死んだ時はじめて我々は、自分の醜悪さに気づき、心に痛みを感じた。しかし、それも束の間、再び生き抜くための過酷なレースを前と同じようにつづけねばならなかった。もしこの中で、死者を悼むことさえ忘れてしまったらば、我々はもはや人間というより、餓鬼の集団でしかなかったろう」（同、一〇四頁）

死者を埋葬する時、白樺の木を削って墓標とした。ペーチカのススを水で溶いて墓碑銘を書いた。ソ連兵はこれが気にいらないらしく、鉈で削らせ、囚人番号を記入させられた。このススを水に溶いて黒色を生み出した経験が、帰国後の作品作り、黒の生成に生きてくる。

香月は、生きることに貪欲だったが、最後の一線は守り抜き、なんとか人間でありえたと言う。しかし常態としては、

「絵描きとして生きるためには、戦争という狂気の時代を生きながらえねばならなかった。シベリヤでも、生きつづけるために、あらゆる努力を払った。少々薄汚いことをしても、

必ず生きのびてやるぞといつも思っていた。清く正しくとか、どこまでも人間らしくとかいうお題目をとなえていては、あの異常な環境を生きのびることはできなかったろう。いきるためには妥協もした。ゴマもすった。争いもした」（同、七三頁）

のである。それは命の命令であった。

収容所の周りには命じられて自分たちが張り巡らした有刺鉄線があった。これを見るたび、自分たちは捕虜であることを認識させられた。しかし有刺鉄線がなくとも、脱走するものは誰もいなかっただろう。脱走してもシベリヤで生きていく方法はなかっただろうから。有刺鉄線は、一般人が収容所に入ってくるのを防ぐためのものだ、とソ連兵は言った。収容所の監視兵が窓から捕虜のいる部屋をのぞく。しかし捕虜の方も窓から監視兵を見ている。ソ連兵だってソ連の国家体制を見れば、軍隊という組織に囚われているのだ。そこの所を「囚」という作品に描いた。主客の転倒が面白かった、と香月は言う。

いよいよダモイ（帰国）は近いぞという声があがった。しかしぬか喜びに終ることが多かった。ある日突然ダモイの通知が届いた。

「列車に乗り込むまでが不安だった。乗れば乗るで、走るまでが不安。走り出すと、止りはしないか、止れば、ここで降ろされるのではないか。2年近くも待ちこがれていたものが、予告もなしに、ふいに与えられたのだから、何となく不安で、何かにつけて胸が騒いだ」

（「ナホトカ」の言葉書き『図録』）

ナホトカに到着したが、また三週間待たされた。この塩辛い水の向うに日本があるのかと舌でたしかめた。日本の土を踏むことなくシベリアの土になった人たちの顔を描いているような気がした（「渚〈ナホトカ〉」の言葉書き）。二五〇人の仲間のうち三〇人以上が亡くなっていた。「インター」を歌った方が早く返されるといううわさがあり、毎日毎日暇さえあれば歌った。スクラムを組んでラーゲリの中をデモした。日本人の政治屋（アクチーブのことだろう）がアジ演説をした。話が終わると拍手してやった。スターリン万歳でも、ヒットラー万歳でも、悪魔万歳でもなんでも唱和してやるつもりだった。早く帰りたい一心だった。香月はそういう性格だった。

一九四七年五月二一日、恵山丸で舞鶴に帰還、二四日、三隅の実家に帰りついた。兵役に出て四年五ヵ月、その内抑留期間は二〇ヵ月で比較的短いが、見るべきものは全て見た。

その後、八月三一日、下関高等女学校に復職。翌一九四八年、三隅の近くの県立深川高等女学校に転任した（四九年、学制改革により大津高等学校となる。六〇年、退職し、画家として自立）。三隅という小さな町から、世界を見つめ、満州時代も含めて「シベリヤ・シリーズ」を描き始めた。

「もしシベリヤと戦争がなければ、今日の私はなかっただろう。今のような絵を描くことはできなかったろう。わたしもルドンのようにはっきりということができる。「戦争は私のヴィジョンがいわば十倍にもなった時機です」「このとき、私は自分の天稟《てんぴん》を意識し

た」〕

（同、六二頁）

香月にとってシベリヤとは、試練であったし、画家として姿勢と方向を鍛えなおす機会ともなった。シベリヤがあったから香月の絵の重厚さが増した。

帰国してからすぐに、シベリヤでの「埋葬」（シリーズ第一作）を描いた。零下数十度で死んだ戦友をできるだけ暖かく描いてやりたかったから、暖色系の色調で描いた。しかしそれは香月の意に染まぬ色調だった。香月はしばらくシベリヤ・シリーズを中断し、色調の研究を始めた。

一九四九年に、福島繁太郎が銀座にフォルム画廊を開設すると、香月はそこで第一回の個展を開いた。以後フォルム画廊が香月の新作の発表場所となる。一九五六年一〇月、福島のすすめでパリ、南フランス、イタリア、スペインに旅行し、ロマネスク、ゴシックを中心とする中世彫刻、中世絵画に引かれた。この旅で、香月は画家として「自分の（描くべき＝注）顔」を発見した。シベリヤ・シリーズに登場する顔には個性がない。わざと個性を捨象した。兵隊に個性はない。香月は個々の兵隊ではなく、兵隊そのものを描きたかった、と言う（同、八一頁）。

しかし、兵隊は個性を無くされて「平均化」されるが、画家としては、個々の兵士の個性（「自我」）を回復した顔を描くべきだったのではないか。浜田知明は「初年兵哀歌」で弱い兵隊を描いている。石原は、「平均化」されて個としての人間がないことが問題なのだと言っている。香月はその没個性の問題性を描いたということか。

香月はマチエールの研究工夫を重ね、絵具に方解末を練りこみ黄土色系の下地を作り、その上に赤松の炭の粉をペインティングナイフで塗り広げることで、深みのある独自の黒の色調を生み出した。シベリヤでペーチカのススを水に溶いて墨とした経験を思い出していた。こうして初め目指していた東洋画と西洋画の融合を実現した。

方針が定まった香月は、［描けば描くほど思い出が思い出を呼んで新しいイメージがわいて］きた。これが最後と思いつつ、早くも次の絵の構想が浮んでくる。死ぬまで、全五七点を描きつづけた。

「〈私の〉地球」という作品は香月の故郷三隅を描いたものだが、五つの地名が書き込まれている。その意図を、香月は「言葉書き」で次のように語る。

［私はいま、シベリヤで幾夜夢に見続けた自分の生まれ育った山口県の三隅町に住んでいる。／周囲の山々の彼方に五つの方位がある。ホロンバイル、シベリヤ、インパール、ガダルカナル、そしてサンフランシスコ。いまわしい戦争にまつわる地名に囲まれた山陰の小さな町。ここが私の空であり、大地だ。ここで死にたい。ここの土になりたいと思う。思い通りの家の、思い通りの仕事場で絵を描くことができる。それが私の地球である］

（「〈私の〉地球」の言葉書き『図録』七五頁）

［私のシベリヤは、ある日本人にとってはインパールであり、ガダルカナルであったろう。私たちをガダルカナルに、シベリヤに追いやり、殺し合うことを命じ、死ぬことを命じた

連中が、サンフランシスコにいって、悪うございましたと頭を下げてきた。（略）指導者という者を一切信用しない。人間が人間に対して殺し合いを命じるような組織の上に立つ人間を断じて認めない。戦争を認める人間を私は許さない」　（『私のシベリヤ』四〇頁）

香月はシベリヤに送られる鉄道沿線で見た「赤い屍体」について書いている。満州人に私刑を受けて衣服を剝ぎ取られ、皮まで剝ぎ取られた日本人の屍体である（香月にはそうとしか思えない）。赤い屍体は日本人が中国、満州で行なったむごい行為の報復ではないか、と香月は考えた。反抗的な一部落の住民全員を、穴を掘って生き埋めにしたとか、その穴の底から助けてくれと札束をふりまわして叫ぶ老人（あんたも人間ならこんな酷いことは出来ないだろう、という叫び）、日本兵はスコップで頭を叩き割り、上からどんどん土を被せた、と目撃した人から香月は聞いたことがある。その人は、「あんとき、なんであんなことをしたのか、自分でもようわからん……」と言ったまま黙りこくったが、あの時、即ち「大日本帝国」の権威を笠に着て、威張り散らしていたころの自分は人を人とも思わぬ人間だった、（彼が人間であるなら、）自分は人間ではなかった、鬼だったと、後悔し反省したのであろう、か。権威権力の後ろ盾を失ったサディストの卑劣、矮小、凡庸を彼は感じただろうか。

敗戦後は、今度はソ連兵が傍若無人なふるまいをした。それに加えて、満州人たちの憎悪の目がいつも日本兵をとりかこんでいた。「赤い屍体」は加害者として日本人の死であった。香月はそう思った。

「赤い屍体」の他に「黒い屍体」があった。戦後、「黒い屍体」のことは原爆の犠牲者を初めとして語り継がれてきた。被害者としての日本人の屍体である。まるで原爆以外の戦争はなかったみたいだ、と香月は考え続け、「一九四五」という作品を描いた。

「赤い屍体の責任は誰がどうとればよいのか。再び赤い屍体を生みださないためにはどうすればよいのか。私は何をすればいいのか。／それを考えつづけるために、「シベリヤ・シリーズ」を描いてきたのかもしれない。（略）戦争の本質への深い洞察も、真の反戦運動も、黒い屍体からではなく、赤い屍体から生まれ出なければならない。戦争の悲劇は、無辜の被害者の受難によりも、加害者にならなければならなかった者により大きいものがある。私にとっての一九四五年はあの赤い屍体にあった。もし私があの屍体をかかえて、日本人の一人一人にそれを突きつけて歩くことができたなら、そして、一人としてそれに無関係ではないのだということを問いつめていくことができたなら、もう戦争なんて馬鹿げたことの起こりようもあるまいと思う」

（『私のシベリヤ』七五頁）

香月は赤い屍体をうみ出した加害の責任を問おうとする。この責任を誰がどう取ればいいのか。香月は「朕」の言葉書きを次のように書いている。

「人間が人間に命令服従を強請して、死に追いやることが許されるだろうか。民族のため、国家のため、朕のため、など美名をでっちあげて……。／朕という名のもとに、尊い生命に軽重をつけ、兵隊たちの生死を羽毛の如く軽く扱った軍人勅諭なるものへの私憤を、描かずにはいられなかった。敗戦の年の紀元節の営庭は零下三〇度余り、小さな雪が結晶のまま、静かに目の前を光りながら落ちてゆく。兵隊たちは凍傷をおそれて、足踏みをしながら、古風で、もったいぶった言葉の羅列の終るのを待った。／我国ノ軍隊ハ世々、天皇ノ統率シ給フ所ニソアル……朕ハ大元帥ナルソ、サレハ朕ハ……朕ヲ……朕……／朕の名のため、数多くの人間が命を失った」

（「朕」の言葉書き『図録』）

朕の美名のため（せいで）多くの人間が命を失った。また多くの人間を殺した。香月は「軍人勅諭」を引用しながら、責任の在りかを指摘し、正確に的を射ている。香月は満州・シベリア体験の加害と被害の傷を見つめ続け、「シベリヤ・シリーズ」を通して、叙情に流されることなく、政治的にも問い続けた（告発した）のであった。

香月は戦後「シベリヤ・シリーズ」だけを描いたのではない。三隅にいて、半径二〇〇メートルにあるものを描いた（かなり売れた）。「シベリヤ・シリーズ」の色調の絵を描き、家族の絵を描き（「津和野」は母の思い出であろう）、台所にある食器や野菜、周囲の久原山や三隅川、花や動物を描き、おもちゃを作った。またしばしば海外旅行に出かけ、ヨーロッパやニューヨーク、スペイン、セイシェル、タヒチなど、見るべき物を見、スケッチを多数のこした。

一九七四年三月八日、心筋梗塞のため死去。「日の出」と「月の出」がアトリエのイーゼルに掛けられていた。気に入りだったのだろう。三隅を照らした月や太陽を、今自分がシベリヤで見ているのだ、と思うと、宇宙感がある。対《ペア》と思えるこの二つの作品は遺作というわけではないと思う。

一一月、「シベリヤ・シリーズ」全五七点のうち四五点が遺族によって山口県に寄贈されるとともに八点が寄託品としてとして県に保管された（『図録』）。

没後一九年、一九九三年には三隅町立香月泰男美術館が開館している。その看板は緒形拳が書いた。

四、鹿野武一の肖像

シベリアの極限状況のなかで、一人、まるで別の世界の住人のように生きている男がいた。鹿野《かの》武一《たけかず》（ぶいち、という読み方は「愛称」〈石原の詩「伝説」の中の言葉〉か）である。石原は鹿野について書いている。

「今にしておもえば、鹿野武一という男の存在は、僕にとってかけがえのないものであったということができる。彼の追憶によって、僕のシベリヤの記憶はかろうじて救われているのである。このような人間が戦後の荒涼たるシベリヤの風景と、日本人の心の中を通って行ったということだけで、それらの一切の悲惨が救われていると感ずるのは、おそらく僕一人なのかもしれない。彼のあの劇的な最後は、今の僕にとってはひとつの象徴と化している」

（石原「ノート」一九六一年一月一三日、Ⅱ）

［彼の記憶によって私のシベリアの記憶はかろうじて救われている」

（「ペシミストの勇気について」『日常への強制』Ⅱ）

［あの男（鹿野）が生きて来たという事実だけはどうしても伝えなきゃいかんと思ったわけですよ」

（「生の体験と詩の体験」『海への思想』Ⅲ）

鹿野登美編の鹿野武一の「年譜」（「遍歴の終わり」『思想の科学』一九八二年八月号）から、鹿野武一の生涯を略記する（登美は武一の妹）。

鹿野武一は大正七年（一九一八）年一月二六日、京都市中京区寺町通夷川上ルに生れた。父武助は薬種商鹿野薬舗の三代目であった。府立一中（現・洛北高校）のころ、エスペラント語研究会に通った。昭和九年、武一が一六歳の時、母キミは誤診により腸チフスの治療の手遅れで死去。

昭和一〇（一九三五）年、武一は京都薬学専門学校（現・京都薬科大）に無試験で入り、南禅寺の柴山全慶師のもとに参禅し、また西田天香の一燈園の夏季修業会に参加した。鹿野もまた倫理的な生まれであった。生薬に興味をもち、北山、東山に植物観察と採集に出かけた。昭和一三年、京都薬専を卒業、卒論は「タチバナモドキ果実の一成分」（島田玄彌と共著）。ローマ字で、「Takekazu KANO と署名している（澤地久枝「シベリア抑留八年　夫と妻」『昭和・遠い日　近いひと』文春文庫、一九九七）。

昭和一四年、伏見の歩兵第九連隊に入隊。幹部候補生試験に合格したが、放棄した。鹿野も軍隊での昇進に興味がなかった。奈良教育隊に入隊。昭和一六年、東京の陸軍露語教育隊高等科に配属された。石原が大阪歩兵第三七連隊露語教育隊からさらに東京の高等科に配属された時に出会う。

昭和一六（一九四一）年七月、成績上位であったから残るように言われたが、これを拒んで関東軍特別演習に参加、八月上旬新京に到着、ハルピン機関配属になった。石原は、各特務機関（関東軍情報部）に配属。一二月八日、アジア太平洋戦争（「大東亜戦争」）開戦。

昭和一七年四月、鹿野は召集解除になるが、京都に戻らなかった。開拓団部落のほとんどが無医村であることから、開拓医として入植を望んでいた鹿野は、東安省防疫所に赴任し、東安省立病院薬局補佐の仕事もした。同病院の看護婦関谷キエ（新潟県松代《まつだい》町出身）と知り合い、昭和一八年一一月三日、結婚した。一二月、父武助が死去、二人は京都に帰り、翌年満州に戻る。

昭和一九年、鹿野は開拓医の志望をすて、三江省樺川県千振《ちぶり》街八富里《パフリ》開拓団に一介の開拓民として入植した。終戦までの二年間をストイックに労働と読書に明け暮れた。東北の貧農出身者がしゃにむに働く開拓部落で、彼は疎外され孤立したインテリだった。一〇月八日、武彦誕生。一二月、妹登美を東安に呼び寄せる。登美の問いに、「『武者小路實篤の新しき村とか宮沢賢治の羅須地人協会の真似か』てよう言われるけど、俺ちがうんや」と答え、それ以上心中を語らなかった。

　多田茂治は、鹿野が一介の開拓民となった理由として、七三一部隊（ハルピン郊外の平房にあった関東軍防疫給水部＝石井細菌部隊）とのかかわりを逃れるためとも考えられると言う。鹿野は七三一部隊の存在とその役割を知っていた。「鹿野は特務機関時代、マルタの供給源の一つである白系ロシア人工作を担当していたし、東安防疫所時代も七三一部隊となんらかのかかわりを持たされた可能性もある。／非人道的な所業に、鹿野武一が加担できるわけはなかった。七三一部隊の黒い影から逃れるためとも考えられるが、満州開拓移民の侵略的側面にまでは思考が及ばなかったのだろうか」（『内なるシベリア抑留体験　石原吉郎・鹿野武一・菅季治の戦後史』一九九四。インタープレイ、二〇〇四）。七三一部隊に関しては何とも言えないところであるが、満州開拓移民の侵略的側面に関しては、満州開拓移民は植民地主義の中身そのものという僕の昔からの意見と同じである。

　昭和二〇年八月八日、ソ連の参戦。直後、鹿野は最後の召集を受けハルピンに来たが、出頭先の部隊は戦闘状態に入り、防戦の準備に忙殺され、鹿野は放置されたまま、敗戦を迎えた。ソ連軍の男狩りにかかり、海林収容所に送られた。鹿野が家を離れたその夜、女子供主体の八富里開拓団の逃避行が始まる。九月二六日、武彦が、拉古収容所で飢餓凍死。キエと登美が埋葬した。一〇月、拉古の家族と合流、ハルピンに出て、有料収容所天満ホテルに入る。（一二月、石原はハルピンで抑留され、別の収容所に送られた。）

一九四六（昭和二一）年一月中旬、元軍属の男ばかりが二〇名ほどが一団になって働きに行った帰り、ソ連軍の男狩りにあって全員拉致された。収容所所長夫妻の懇願で、ロシア語のできる鹿野は釈放要求に出かけ、全員釈放されて帰ろうとした時、軍隊時代の知り合いアブラーモフに、「かのさんかのさん」と呼び止められ、第九コメンダツーラに留置された。家族が面会に行き、弁当を届けるが、二日後、鹿野はシベリアへ送られた。

一九四七年の暮れ、菅季治がカラガンダの（石原とは別の）収容所でやっていた「学芸同好会」で、鹿野はエスペラント語入門の話をする。吹雪のため聞き手は誰も来ず、鹿野は「わたしの愛するエスペラント語について話す機会を与えてくれたカンさんに感謝します」と前置きして、菅一人を相手に二時間程話した。菅は鹿野のことを「美しい魂」と書いている（菅『語られざる真実』）。

一九四八年四月六日、京都の鹿野家の住所にキエ宛てで、俘虜用郵便葉書第一信が届く。以後数通の葉書が、松代町のキエへ届く。

一九四九年、鹿野のもとに第一信を受け取ったと言う家族の葉書が届く。その後途絶える。

一九四九年二月、石原は起訴され、判決までの二カ月間をカラガンダで過ごす間に、鹿野が真向いの独房に収容された。

石原の向かいの独房に誰かが収容される時、警備兵の誰何に対して「鹿野武一」とはっきり応える声を聞き、石原は驚いて飛び起きたが、石原の方からは声を発することは禁じられていた。鹿野も二五年の刑を判決され、炭鉱に近い収容所に移され、石原もその後を追うことになった。ハルピン以来四年ぶりに会った鹿野は「きみには会いたくなかった」と言ったが、一週間後には、会いに来て、「このあいだはすまなかった」と言い、しばらく躊躇したあと、「もし君が日本に帰ることがあったら、鹿野武一は昭和二四年八月×日（この日のこと）に死んだとだけ伝えてくれ」と言い、帰って行った（前述）。

四月二九日、石原はロシア共和国刑法第五八条によって、二五年の重労働を科せられ、カラガンダ、ペテロパウロフスク、タイシェットをへて、バム（バイカル・アムール鉄道）のコロンナ三三収容所に送られた。森林伐採と鉄道建設が主な作業であった。

鹿野も前後して二五年の刑を受け、バム地帯の別の収容所に送られる。その作業場への往復は、五人が並んで隊列を組まされる。両端は危ない。滑ったりよろけたりすると、脱走・逃亡と見なされ、射殺されても仕方ないということになっていた。普通、人は中の三列に入ろうとする。ところが、「勇敢」にも、「鹿野は、どんなばあいにも進んで外側の列にならんだということである」。彼の行動は周辺の人に奇異な感じを与えていた。石原はそれを「ペシミストの勇気」と言う。

「人間でなくなることのためらいから、さいごまで自由になることのできなかった人たちから淘汰が始まったのである」

「適応とは「生きのこること」であり、さらにそれ以上に、人間として確実に堕落していくことである。生き残ることは至上命令であり、そのためにこそ適応しなければならないのであり、そのためにこそ堕落はやむをえないという論理を、ひそかにおのれにたどりはじめるとき、さらに一つの適応の段階を私たちは通過する」

（石原「強制された日常から」）。「『望郷と海』について」にも同趣旨の言及がある）

誰もが他者を凌いで自分が生き延びることしか考えられない、日の明けくれがじかに不条理である過酷な状況の中にあって、

「彼（鹿野）は加害と被害という集団的発想からはっきりと自己を隔絶することによって、ペシミストとしての明晰さと精神的自立を獲得したのだと私は考える」

（石原「ペシミストの勇気について」『日常への強制』Ⅱ）

鹿野はペシミストとして、状況の外にいたと言える。この状況とは、強制収容所のなかでの命を長らえようとする努力、人を押し退けてでも出来るだけ楽な方、安全な方を取ろうとするエゴイズム、一日でも生き延びようとする冷酷な打算のことである。それは命の自然の流れであるかもしれないが、鹿野は強烈な意志によって、人間の当為を貫いた。それら非人間性・堕落から疎外されてあることで、己の世界を守った。別の世界、いわば、既に、他界にいたということだ。鹿野も、「人間はもっと美しい、はずだ」（後述）と考えていただろう。

あるいはこういう言い方も出来る。「敵」は自分自身に最も近い［位置］にいる、すなわち、鹿野にとってそれは自分自身であった。もちろんこの場合の「敵」とは、非人間的な自己のこ

とである。

しかし、「なまはんかなペシミズムは人間を崩壊させるだけである」。ペシミストには勇気と、勁さがいるのである。「拷問」に耐えるには、気力と体力が必要である（彼は薬学を修めたのだから、野草・薬草の知識があったはずで、（香月泰男のように）栄養・ビタミン類はそれで補っていたのではないだろうか。そういう記述は全くないけれど）。

翌年（一九五〇）夏、鹿野と石原は同じ列車でハバロフスクに輸送された。毎朝作業現場に着くと、鹿野は「悽愴というほかない」ような一番条件の悪い持場を選んだ。それは自分で自分を処罰しているようであった。石原も「彼（鹿野）の行為を自己否定ないし自己放棄と見做すことから、ようやく私は、自己処罰ということばに行きあたった」と書いている（「体刑と自己否定」）。

一九五二年四月三〇日（メーデーの前日）、鹿野は他の日本人受刑者とともにハバロフスク市の公園の清掃をしていた。それを見た市長の娘が心を打たれ、食べ物を受刑者たちに与えた。これを契機に鹿野はとつぜん失語状態に陥ったように沈黙し、絶食を始めたのである。石原は書いている。

「このような環境で、人間のすこやかなあたたかさに出会うくらいおそろしいことはなかったにちがいない。鹿野にとっては、ほとんど致命的な衝撃であったと言える。そのときから鹿野は、ほとんど生きる意志を喪失した」（石原「ペシミストの勇気について」Ⅱ）

これはどういうことだろうか。受刑者を慰めようと市長の娘が食べ物を与える。受刑者はおおいに感謝して、ロシア人にも優しい人がいる、地獄に仏だと感じる、というのが普通の解釈ではないだろうか。ところが、鹿野はこの「すこやかなあたたかさ」に絶望したというのである。本来敵方の人間が、いっとき、優しくふるまって、自らの善人ぶりに満足し、免責されてしまう、という本質を理解していない市長の娘の偽善、インチキ、が、ペシミスト鹿野には、おそろしかったのであろうか。あるいは、アウシュヴィッツの殺人者が、処刑の後に、モーツァルトを聞いて浄化されてしまうといったようなことだろうか。

鹿野の絶食は四日間続いた。石原はいやいやながら自分も絶食を始めた。鹿野が石原の所へ来て、一緒に食事をしてくれ、と言った。二人は無言のまま食事を終えた。そして二日後、先の絶食の理由を聞いたのである。

収容所側は、しかし、この鹿野の行為を一つのレジスタンスと見なし、施《シエ》という中国人による取り調べを始めた。施はついに根負けして、「人間的に話そう」と言った。これは、これ以上追及しないから我々に協力してくれ、ということ、つまり、スパイになって密告しろということだった。その時、鹿野はロシア語で次のように言った。

「もしあなたが人間であるなら、私は人間ではない。
もし私が人間であるなら、あなたは人間ではない」

（「ペシミストの勇気について」『日常への強制』Ⅱ、傍点原文。原文に改行はない。「五つ

のあとがき」『石原吉郎詩集』一九六七年版のための「あとがき」には傍点はない、I）

鹿野は取調べのあと、石原に、ロシア語文法の例題でも暗誦するように無表情にこの言葉を繰り返した。これは告発でも抗議でもない。「ただありのままの事実の承認」であった。これは戦争や拷問やいじめの場面で必ず生じる「位置」関係である。（余談だが、この時鹿野の心中に「天は人の上に人を造らず云々」という言葉は響いていなかっただろう。この言葉は福沢諭吉の言葉ではなく、しかも信念でもない。アメリカ独立宣言の中の、All men are created equal を福沢が翻訳した（だけの）言葉である。）。

しかし、また、こんなことをするのは人間だけなのであり、人間とは何なのだろう。「人間的な」欲望をむき出しにすることは「非人間的な」ことである。サディスチックな人間とペシミスチックな人間と、二種類いるのか）。

鹿野の心の中には深い悲しみがあったはずだ。［そして私（石原＝注）が詩を書くようになってからも、この言葉は私の中で生きつづけ、やがて「敵」という、不可解な発想を私に生んだ」（「五つのあとがき」）と石原は書いている。（ここにも「敵」という言葉が出てくることを記憶しておこう。「位置」という詩の読解に役立つだろう。）

これもまた絶望を見てしまったペシミストの明晰である。鹿野は普通人の猥雑な取引や駆け引き、加害や被害といった関係からは隔絶した地点にいた。いや、そうではなくて、彼は己の中に被害者と同時に加害者を見てしまったのだ。

「人が加害の場に立つとき、彼はつねに疎外と孤独により近い位置にいる。そしてついに一人の加害者が、加害者の位置から進んで脱落する。そのとき、加害者と被害者という非人間的な対峙のなかから、はじめて一人の人間が生まれる。〈人間〉はつねに加害者のなかから生まれる」

（「ペシミストの勇気について」Ⅱ）

その加害者の非人間性をみつめる人間性のゆえに、まるで自己を処罰するように、彼は別世界というか、自分が人間で居られる世界、他界に立ち去ろうとした。彼の勁い精神は肉体を凌駕し、倫理は麻痺しなかった。非人間的な周囲に同化するのを回避して、群から自己を疎外し、単独者となって己を守ったのである。

「ここでは、疎外ということは、もはや悲惨ではありえない。ただひとつの、たどりついた勇気の証しである。（略）彼の勇気が救うのは、ただ彼一人の「位置」の明確さであり、この明確さだけが一切の自立の保証であり、およそペシミズムの一切の内容なのである。単独者が単独者として自己の位置を救う以上の祝福を、私は考えることができない」

（「ペシミストの勇気について」Ⅱ）

自分だけはそうはならないぞ、という決意の底には、疎外される勇気がある。自我が生きている。彼にとって人間は皆同じだ、というのは絶望の言葉である。「単独者」の「位置」を保持し、自恃と明晰のゆえに、彼はペシミストたらざるをえない。ペシミズムの深層には、「もっともよき私自身」を愛惜する、実は純粋精神の誇り高い理想主義があることは明らかである。

鹿野武一という勇気あるペシミストは、このようにして八年間のシベリア抑留を生き抜き、一九五三年一二月一日、興安丸で（石原と同じ船で）舞鶴に帰還したが、一九五五年三月二日、「狂気のような心身の酷使のはて」、心臓麻痺で急死した。

このような鹿野という人間を、一般世界は奇異な人間としか思わないであろう。しかし、石原にとって、鹿野という人間は、ほとんど唯一のシベリア体験上の、従って、人生の、救いだったのである。なぜなら石原自身、少なからず、鹿野と同じような資質を持っていたからである。石原もペシミストであったし、「鹿野が先取りしたペシミズムに結局は到達した」（「ペシミストの勇気」）からである。

石原にとって鹿野武一という男の存在はかけがえのないものであった。彼の追憶によって、石原のシベリアの記憶はかろうじて救われていたのである（「ノート」一九六一年一月一九日）。そして鹿野のことを書くこと、こういう人間が居たということを書くことを使命と感じていた。

以上は石原が「あくまで外側から見た」（「体刑と自己否定」『海を流れる河』Ⅱ）鹿野武一の肖像である。

鹿野の妹鹿野登美（一九二一〜二〇〇二）は満州から帰国後、ハンセン病療養所長島愛生園で、未感染の子供たちの身の回りの世話をしたり（その勤務先を鹿野も訪ねている）、京都に戻り京都聾学校の先生をしていた。「そういうことをすすんでする人なのです」。（石原「随想　鹿野武一について」『一期一会の海』Ⅱ)。現在(一九八〇年、『全集Ⅲ』刊行当時)、京都の北白川教会に勤務。

登美は石原の消息を、石原が出版した『望郷と海』(筑摩書房、一九七二)の書評を新聞で読んで初めて知った。それ以前の石原の執筆活動も、詩集『サンチョ・パンサの帰郷』を出版した(一九六三年)ことも、それがH氏賞を受賞したことも全く知らなかった。登美は書店に走り『望郷と海』を買い、出版社と連絡を取り、石原に手紙を書いた。石原から返信が届く。

[お手紙ありがとうございました。私の文章がようやく、確かな手に受けとめられたような気持ちがして、安堵の思いでおります。/あの文章は帰国後十五年ほど経て書いたものです。それまで私は、自分の体験についてはとても書けないと思っておりました。ただ、鹿野君については、シベリヤの環境で、例外的な生き方をつらぬいた日本人としての証言をのこす義務のようなものを常に感じておりました。それがきっかけとなって、十篇ほどのエッセイを書きつづけ、去年一応打ち切ってほっとしたところでした。(略)シベリヤで鹿野君と会わなかったらそれなりになったでしょうが、実際に自分の目で鹿野君の生き方を見たことは、私にとって決定的でした。現在の私のものの見方、考え方は、鹿野君の影響をぬきにしては、とても考えられません。(略)」(鹿野登美宛、一九七三年一月一九日付け。鹿野登美「石原吉郎と鹿野武一のこと 遺された手紙」『詩学』一九七八年五月号。Ⅲ)

帰国後石原は鹿野と連絡を取り合っていたが、鹿野の死(一九五五年三月二日)を知って妻キエに手紙を書いてから途絶えていた。この登美宛の手紙からは、石原の、「文章がようやく確かな手に受けとめられた」という喜びと、鹿野武一に対する尊敬の思いが伝わってくる。石原からはその後もテレビ出演や発表したエッセイの紹介や、鹿野について他の人が書いた文章のコピー同封の手紙、石原の新著が登美のもとに届いた。交友は石原の死（一九七七年）まで続いた。

しかし、鹿野登美の「石原吉郎と鹿野武一のこと　遺された手紙」（『詩学』一九七八年五月号）、「遍歴の終わり　鹿野武一の生涯」（『思想の科学』一九八二年八月号）や、澤地久枝「シベリア抑留八年　夫と妻」（『昭和・遠い日　近い人』一九七七、文春文庫、二〇〇〇）に引用された鹿野武一自身の手紙からは、石原の見解とはかなり違った鹿野の像が見えてくる。

シベリアの収容所では、作業サボ、ね小便たれ、盗み食い、どろぼうなどが、ぞくぞく出た。盗まれた者がまぬけとされた。盗まれたのはタバコ、シャツ、ズボン下、上衣、ズボン、外套、靴、枕、毛布、石けんなどであった。インテリたちもみじめな崩れ方をした、と一般的な状況を菅季治は報告している。そんな中で自分はどうしたかということを、鹿野は帰国直後妻キエに手渡した手紙でこういう告白をしている。

［二十五年の矯正《ママ》労働という刑に科せられた後、監獄での数ケ月、バームの冬のシベリヤ原始林伐採労働の半年は、自分の肉体から生命的な精気をしぼりとると共に、精神的な暗黒の中に自分の気持をとじこめて了った。……腹が空る、何とかして食い物がほしい、人の

ものでも盗りたい……この恥ずかしい気持を外に出すまい、抑えようとする努力だけで、自分の全精神力が涸渇して了った。そしてこの期間に犯した自分の（そして他に誰もしらない）恥ずかしい行為の記憶が、徹底的に自分の自信を失わせたのである」

（一九五三年一二月二日、妻キエ宛。澤地『昭和・遠い日　近い人』）

この「自分の（そして他に誰もしらない）恥ずかしい行為の記憶」、しかし自分だけは確かに記憶していることを外に出すまいとする努力を、鹿野は、別の手紙で「虚栄心」と言っている。

「（略）自分が抑留生活の間、或る程度、真面目な働き者、そして勉強家（本を読むこと、活字からの知識が多いこと）と一部の人々から思はれたのもそのようなポーズを自分にとらせた一因はこの虚栄心でした。（略）あの厳しい生活条件——人間をすっかり裸にしてしまうと思はれる捕虜生活の中でも自分は虚栄の皮を被ったポーズをもった人間だったといふことです。だからあの生活で自分が敬意を払ったのは、すっかりむき出しの人間性を発揮した人々でありながら、その人達には真に近付く勇気がなく、多くを語り合ふ機会をもったのは、ポーズをもった人々であったと言へませう。純真な人々の中には自分のポーズに欺むかれて近寄って来た人も二、三ありましたが」（鹿野の手紙、一九五四年一〇月二四日、鹿野登美宛て。鹿野登美「石原吉郎と鹿野武一のこと」『詩学一九七八年五月号。石原没後の発表）

自分がむき出しの人間性を発揮できなかったことを、「虚栄の皮を被ったポーズ」だというのは、当らないのではあるまいか。「むきだしの人間性」とは、野性と言ってもいいだろう。そのエゴイスチックな加害性のゆえに、非人間性というべきものである。そしてその非人間性を見つめる人間性のゆえに、石原が、「「生き残ることは至上命令である→そのためにこそ適応しなければならない→そのためにこそ堕落はやむをえない」」（「『望郷と海』について」）としたものに他ならない。そうした［自己正当化］は［人間としてやぶれ果てた姿だという事実を忘れるべきでない］と石原は言う。そのような野性的状況から疎外されて自由であることで、言い換えれば理性的であることで、鹿野は己の人間性を守ろうとした。それを石原は「ペシミストの勇気」と言っていたはずだ。しかるにこの手紙が語る所は、人間性が逆転していて、鹿野の孤立感を浮き彫りにしている。鹿野の告白では、鹿野のシベリアでの態度は、石原の言うような毅然としたものではない。あたかも、石原は、鹿野自身がポーズと言っている虚栄心に欺かれて、あるいは誤解して、鹿野に近寄って行った、というふうに読める。石原のえがく鹿野の肖像は、鹿野に仮託した石原のありうべき自画像であっただろうか。

この手紙は、帰国後、昭和二九年四月から松代診療所に薬剤師として勤め始めたが、七月三一日退職してしまったことへの敗北感、無力感が書かせていると思われる。自分には本当に生活力がないのではないか、抑留中倫理的にふるまっていたのも、生活力のなさのためであって、倫理的とみえたのは、実は虚栄の皮を被ったポーズに過ぎなかったのではないか、と思われてきたのであろう。

だがそれは違う。彼は、欲望をむき出しにして生きるタイプの人間ではない。意志の力・理性で野性をコントロールして生きようとするタイプの人間である。優しく繊細で、気が弱く、倫理的で生真面目なタイプの人間である。逞しく図太い人間にはまるで無造作にできることも、気の弱い人間はやろうとしてもできないのだ。仮に彼が「人間性」をむき出しにして生きたとしても、彼の良心はそれを許さない。彼はやはり罪障感に苛まれ、後悔の連続はやがて彼を破壊しただろう。

鹿野は、やはり、欲望をむき出しにすることを「断念」し、恥ずかしい気持をかろうじて外に出すことなしに抑留を終えたのだと思われる。このこと自体大変なことであるはずだが、倫理的に生れた人間は、それをしも偽善だ虚栄だと己を苛むのである。己に要求する倫理的水準が高いのである。

鹿野の倫理的な生き方について、鹿野登美は次のような、一時期鹿野と過ごしたという一帰還者からの手紙を紹介している。一九四八年の冬、鹿野は作業現場で砂や煉瓦を運搬するトラックの番号を記録する仕事をしていた。運転手は往復の回数によって賃銀を受け取ることになっていた。

「ある夕方、鹿野さんは『どうしよう、こんなことをしてしまった』と言って三ルーブル紙幣を私に見せました。真剣な顔でした。『運転手は二回分余計に書けと言ってこれをくれたのです。私はそれを受けとって言うとおりにしてやったのです』。鹿野さんの両眼から涙が走りました。私はびっくりしました。物盗り配給食事の二重食い、落した物は絶対出てこないという当時の状況の中で、こんな人が在ったのか……」

（鹿野登美「遍歴の終わり」『思想の化学』一九八二年八月号）

世の中にはこういう潔癖な人間がいるのである。

しかしながら、鹿野はもう一回だけ、間違いを犯したのだと思われる。中身は分からないが、「他に誰も知らない恥ずかしい行為の記憶」というのは、それをさしていると思う。そのただ一回の間違いが、彼を責め立てる。鹿野がどんな場合にも進んで外側の列に並ぼうとしたというのは、そのような「恥ずかしい気持を外に出すまいとする努力」として、あるいは恥ずかしい行為に対する自己処罰として、選んだことであった、と思われる。むしろ己の弱さにおののきながら、なんとか立ち続けようとした。そしてそうすることで、確かに鹿野は状況に埋没してしまうことをまぬがれ、辛うじて己の世界を守りえた。石原が見たのはそのような鹿野の姿であった。石原はそれを「ペシミストの勇気」と呼ぶが、鹿野の実像は、必ずしも石原がいうような毅然としたものではなかった。

もう一点触れておかねばならないことがある。

ハバロフスク市長の娘が公園を掃除している受刑者に食べ物を配り、その後鹿野が絶食を始めたという事件のことである。彼が絶食を始めたのは、「このような環境で人間のすこやかなあたたかさに出会うくらいおそろしいことはなかったにちがいない。鹿野にとってはほとんど致命的な衝撃であった。その時から鹿野は、ほとんど生きる意志を喪失した」からと石原は言うのだが、そこにはまだ毅然とした態度がある。これを、石原はメーデーの前日（一九五二年四月三〇日）のこととして書いているが、これに相当することは鹿野の伝記の中には出てこない。ただし、昭和二八（一九五三）年一月二四日に自殺を企てた、という記述がある。

［幾つかの原因の最初は、その頃までに自分の生活が肉体的に精神的に、過度の緊張をつづけすぎた反動であろうと思う。第二の原因は、自分が益々強くお前（注・妻キエ）のことを思いつづけるにつけ、自分の周囲に少くない近しい人々の友情や好意をもってしても、お前に対する自分の気持が満たされなかったのではなかろうか。……自分だけが孤独な、本当の愛情に欠けた存在に思われ、自分はもう誰とも親しみ得ない、本当に人を愛することが出来ない人間である様に思い込み、果は、たとえ何日かお前と会う日が来るにしても、もうお前をも本当に愛し切れないのだと考えるようになった。誰をも真に愛し得ないならば、最早や此以上生きるには値いしないのだと……。／しかし自分の企ては遂行されなかった。幾多の人が私の所に来て種々の言い方で自分を思い返そうとした。或る人が自分の所に来て、唯一言「お前がどうしても死ぬというなら俺も一緒に死ぬ」といって去って行った。……或るロシア人が、しかもゲ・ペ・ウ（澤地注・国家政治保安部）の将校がこの問題で私に話したことは、真実に人間的な暖かい言葉であった］

（一九五三年十二月二日、鹿野キエ宛て。澤地『昭和・遠い日　近い人』）

ここには石原が伝えるような、「単独者」の自恃といった厳しい姿はない。ゲ・ペ・ウに対してさえ人間的な暖かさを感じている。「もしあなたが人間であるなら、私は人間ではない。もし私が人間であるなら、あなたは人間ではない」と言ったのはこの時のことではなかったのか。むしろ、弱々しく敗れ去って行きかねない姿がある。あれから九ヶ月、「精神的な暗黒」の中で、鹿野のミザントロピーは昂進したようである。彼は人を愛しえない性格ではないかと悩み始める。帰国の可能性が思われ始めた頃（スターリン死去の前だが、高良トミがハバロフスクの別の収容所を訪れた）、いざ帰国した時の不安が頭をもたげて来た。不安神経症というか、内心の自信のなさというか、自意識に責め立てられた弱い人間の姿がある。その時「お前がどうしても死ぬというなら俺も一緒に死ぬ」と言ったのは、石原かもしれない。鹿野はこの時友情に救われたと書いている。帰国前後の期待と不安は全ての抑留者の心にあったものであろう。鹿野は、この不安を解消してくれる人間を、キエに求めていた。彼は体力も気力も衰弱していたのである。

「自分の生活は反って益々固い殻に閉じ籠り、遂に救い難いとの自覚が帰国が迫るにつれ自分を苦しめ、上陸日の朝までその苦悩に打ち勝ち得なかった。どうして自分が本当に明るいみんなと一しょに朗らかに和して行く性格になり得るか。／キエよ。自分は今その最后の手段をお前に求めている。お前こそ自分の最后の希望なのだ。キエよ、私は身も心もすっかりお前になげかける。今の私は「男一匹」ではない。囚人生活の暗さに打ちひしがれたみじめな弱い男にしかすかぎない。キエよ、解ってくれるでしょう。／自分は、自分が弱い人間であることを知りながら、やはり、武彦がほしい」（同前）

鹿野はキエに、妻と同時に、というより、母を求めているようだ（彼の生母は、彼が十六歳のとき、腸チフスの誤診による手遅れで亡くなっている）。四人生活に打ちひしがれ、疲れはて、傷ついた心を優しく包んでくれる「母」を、彼は何よりも必要としていた。

一九五三年一二月一日、鹿野は舞鶴に帰国する。出迎えに来た妹登美から、菅季治の『語られざる真実』を示され、その中に出てくるKは鹿野のことであると確認した。また、菅が、いわゆる「徳田要請事件」に絡んで、鉄道自殺したこと（後述）を知り、ショックを受けた。

一二月、京都から新潟県松代町へ行く。年末に一人京都に戻る。

一九五四年一月から二ヶ月間、京大病院の薬局に見学生として入局する。キエは松代診療所（新潟県）をやめ、鹿野が四月一〇日から同診療所に薬剤師として勤め始めた。恵まれ過ぎたと言うより、あまりに早い社会復帰といえよう。初日の日記には「心身消耗甚だし」と書いているし、六月には、〔Catastrophe〕と書いている。肝臓を悪くしていて、疲労感と倦怠感がはげしい。七月三一日、退職する。その後農作業の手伝いをしていた（先の登美あての手紙はこの時期に書かれた）。キエはみごもり、そして流産した。一二月二七日、鹿野は新潟県立高田病院に勤務のため単身赴任した。

一九五五年一月一〇日、高田病院に勤務。

高田病院の向かいに高田教会があった。鹿野はしばしば礼拝に出ている。鹿野は帰国直後から、菅季治の『語られざる真実』から菅の遺書の言葉を抜き書きして登美あての手紙の中に長々と書き連ねている。それに続けて、次のように書いている。

［私はハバロフスクでの自殺未遂以来、興安丸がナホトカの岸をはなれた時でも、未だ生きる自信がなかった。――略――先ずお前が、私をこの世に片足つれ戻した。そしてヨシが、それから京都で松代でのこの数日が、だんだん私を強く強くひき戻しつつある。しかし、この力をそのまま信じ頼りにすることが、正しいとは考えない。この力そのものは一つの意欲であり、盲目的であり、不安であり、破壊的でさえある。――略――真実に自分に生きる力となるためには、この力が別の権威によって浄められねばならぬと考へた。／菅さんは私のいふこの権威を全然考えなかったであろうか。――略――］

（一九五三年十二月十四日　登美あて。「――略――」は原文。鹿野登美「石原吉郎と鹿野武一『詩学』一九七八年五月号」）

鹿野は生きる自信がないという。それは体力の問題というより、精神的な問題であっただろう。生きようとする意欲、つまり欲望は、それ自体では盲目的であり、破壊的でさえある。その力が、倫理的な鹿野を追い詰め、自信をなくさせた。であれば、それは別の権威によって浄められねばならない、と鹿野は言う。倫理的に生れた人間の面目がここにある。「別の権威」とは端的に言えば、宗教的権威＝神ということである。自分を責めすぎて、鹿野はすでにここまできていた。そして、高田病院に赴任した時、目の前（道路の向かい）に教会があった。鹿野はしばしば教会を訪れ、また牧師も鹿野を訪ねている。一月一六日の日記には、

「高田教会（日基）の礼拝に出る。礼拝後紹介される。奇縁といふべきか、自分の行動が何かよき運に恵まれている徴である」（鹿野登美「遍歴の終わり」）

と書いている。二月七日の日記には、次のように書いている。

「医長より診断を受ける。肝臓肥大一横指半、悪心疲労もやはりこのため。夕食後、牧師の来訪を受く。自分の側より平素溜まるところすべてを、牧師よりもまた……よいことであった。今後はもっと的確に吐露しよう」（同前）

高田教会が病院の前にあったことを、彼は奇縁と言い、運に恵まれていると言う。牧師の来訪もあり、自分の中に溜まっているものを的確に吐露することで、救いはやってくるだろう、との期待を持つにいたる。しかしながら、肝臓の方も思わしくない。勤務の午後には疲労感がはげしく、ぐったりする。体力も消耗していた。

三月一日、「はじめての宿直！　自信あり、キエ宛第三四信を書く。看護学院卒業記念音楽会プログラム打ち合わせ会あり」と日記に書く。

二日、朝食時間を過ぎても出てこないのを不審に思った婦長が宿直室を訪ねた時には、まだ僅かな体温が残っていた。薬剤師であったことや下宿の部屋が余りにもきちんと整理されていたことから、自殺ではないかと、警察の調査も行われたが、心臓麻痺と診断された。三八歳で

あった。

五、菅季治の弁明

ここで、菅季治について触れておかねばならない。

菅季治《かんすえはる》は、大正六（一九一七）年七月一九日、愛媛県に生れ、五歳の時、北海道野付牛町（現・北見市）に父勝吉、母ツ子《ね》と共に移っている。七人きょうだいの三男である。

昭和一〇（一九三五）年、東京高等師範に入学、一三年に、東京文理科大学哲学科を卒業、務台理作、田中美知太郎らにギリシャ哲学やヘーゲル哲学を学ぶ。一六年から旭川師範学校の教師となる。一七年一〇月、京都帝国大学文学部大学院の学生となり、西田幾多郎、田辺元に学ぶ。

昭和一八年一一月、召集される。入隊までに、「哲学の論理」、「人生の論理」を書き上げる。帯広の北部第九一部隊（高射砲）に入隊。北千島の幌筵《ホロムシロ》島に行く。「軍隊へ入るんなら将校にならんと勉強する暇がない」と言っていた石塚為雄（京都の学友）の言葉を思い出し、一九年三月、幹部候補生試験を受け合格した。帯広に戻り、七月から、千葉陸軍高射砲学校で学ぶ。

昭和二〇年二月、見習士官として満州鞍山の満州第一二二四部隊（野戦照空第一大隊）に配属され、八月、奉天へ行き、敗戦、ソ連軍に武装解除され、抑留される。

九月末、奉天から中央アジアのカラガンダ第一一分所に送られ、ロシア語通訳となる。菅は京都の大学院でロシア語の講座に、二、三回出たことはあったが、名詞の変化のややこしさにあきれて投げ出した。アズブカ（A、B、C）も1、2、3も忘れていた。俘虜（ウオエンノプレンニク）となり、ソ連側との関係ができた。最初満州でロシア語の初歩を覚えていたNとKが通訳として選ばれたが、二人は菅に援助を求めてきた。輸送列車が奉天を出た時、NもKも通訳を退いた。菅は『日満露会話』という本を借りて覚えた。ある駅で腕時計と岩波の『露和辞典』を交換し、列車の中で二度読み、重要な単語について簡単な露和辞典をつくった。菅は全て独学で習得し、一〇〇〇人の日本兵とソ連側との通訳となった。

菅はカラガンダの収容所のウオエンノプレンニクたちの様々な姿を書き残しているが、その二、三を紹介する。まず日本人将校たちの、うすぎたない様子を書いている。

石原吉郎の次の言葉はここでの状況を理解するのに有効であろう。ナチの収容所内では社会的地位の高い、特権を与えられた囚人たちは、プロミネントと呼ばれる。「プロミネントであろうとすることが、精神の死による肉体の「生」へ直結して行く絶望的な過程を最終的に追及して行く」（石原「極限と教訓――高橋三郎『強制収容所における「生」』について」『断念の海から』Ⅱ）。シベリアでもそういうことはあったのである。

将校は朝夕の点呼の際、（軍人勅諭の）「五箇条奉唱」「宮城遥拝」を行なわせた。「兵隊に

「私的制裁」を加え、兵隊をののしり、なぐった。作業場で兵隊がふるえながら土を掘っている時、将校は事務所のペーチカにあたりながら、「ヘイタイさんは、セワやかせるなあ」などとしゃべっていた。収容所内では、「将校当番」に食事を運ばせ、洗濯掃除をさせた。ちょっとした事で兵隊に「絶食」の罰を課し、その食事を自分で食った将校もいる。兵隊の腕時計を「保管する」と言って引き上げて、それを売りとばした将校もいる。食事の「お代わり」(そんなものが一般ウオエンノプレンニクにあり得るはずがなかった)を食堂の当番に要求し、ことわられたというのでその当番をさんざんなぐった将校もいる」(菅『語られざる真実』日本図書センター、四二頁。以下書名を略す)。

次に兵隊について。兵隊はだんだん将校に服従しなくなった。[ウオエンノプレンニク生活のつらさ、暗さから自然に発生しはびこったコケのようなものだった。彼らの気もちは、クーシャティ(食うこと)、ダモイ(帰国)、スパーティ(眠ること)で占められていた。『日本新聞』は配られても、ろくに読まれず、すぐにタバコの巻紙にされた」(四三頁)。また[収容所初期には多くのどろぼうが出た。金、タバコ、手袋、靴下、上衣、外とう、シャツ、ズボン下、枕、――なんでも盗まれた。ふとんや毛皮のような大きなものさえ盗まれた。(略)しかし一ばん多く盗みの対象になった物は、なんと言っても、食物だった。衣服の盗みも、その衣服を食物に代えるためだった。(略)」(九五頁)

[「あいつ」がどうも変だ。とうとうほんものの気ちがいになってしまった。どうしたんだ、

と何べんもきくと、「人間に会いたいんです」と言う。「おい、おい。じょうだん言うな。こゝにいるのはみんな人間だぜ」と言ってやると、「あいつ」はますます悲しそうな顔をして涙声で、「人間ってもっと美しいもんです」と言った。「あいつ」はひどい近眼だったが、眼鏡を盗まれたときも、みにくいものがぼんやりとしか見えないから、この方がいいと言っていた。帽子を目深にかぶり、ひさしが鼻にくっつくほどだった。めしも食わなくなった。「あいつ」はめしを見ると、「あゝ毒だ、こりゃ毒だ。これのおかげでたくさんの人間がだらくしたんだ」と叫んだ。「あいつ」は軍医の希望で中央病院に送られることになった。「あいつ」は、「この胸の苦しさは、世界史がもっと早く進まぬかぎり、なおらないんです」なんてしゃべりだす」(七二~七七頁)。

ここだけ文体が違うのだが、「あいつ」は、菅の自画像かもしれない。菅も「人間はもっと美しい」と思い、人間のみにくい姿は見たくなかっただろうし、めしが原因でそうなるのなら、めしは毒だというのは言い得ていると思ったことだろう。

菅は学芸同好会というのをやっていた。菅はゴーゴーリ、ドストエフスキー、鷗外や漱石について語った。函館高等水産を出た人に「海と魚」という話をしてもらった。毎回一五、六人くらいの聞き手があった。二二年の暮れ、鹿野武一が「エスペラント語入門」の話をした。その夜はひどい吹雪で、聞き手は誰も来ず、鹿野は菅一人を相手に話し始めた。エスペラント語の発生、文法の基本、エスペラント語の国際的意義などの話を二時間ほどして、終わりにゲーテの「野バラ」のエスペラント語訳を説明し、「エスペラント歌」を二回歌った。菅はそれを「学芸の愛」そのものと感じ、鹿野を「美しい魂」と呼んだ（菅、七九頁）。（菅と石原とは会っていない。）

一九四八年一〇月、菅は第一六分所に移る。

一九四九（昭和二四）年三月、講師という名目で、各分所を通訳として回っていたが、交通の便のいい第九分所に移る。九月一五日、問題の「徳田要請」の通訳をした（後述）。一〇月、帰国命令を受け、一〇月下旬、ナホトカに着く。

一九四九年一一月二七日、舞鶴に到着。四年間の抑留であった。一二月六日、北見に帰る。老いた母が泣きすがった。兄は酔って「夢ではないか?」と言って母の頬をうち、「ばあさん痛いか?」と言って、喜びあった。しかし、菅自身は、「冷えきった魂をどうしようもなく、ぼんやりタタミを眺めて」いた。マルス（軍神）の招きを受け、一九四三年一一月一九日以来とぎれていた日記を、同じノートに書き継ぐ。

「この日記にしみわたっているアミエル的な自分の生き方――あざけることもなげくこともわたしはしたくない。これが私なのだ。こうでなくわたしはあり得ないのだ」

アミエルというのは、アンリ=フレデリック・アミエル（一八二一～一八八一）のことで、スイス、ジュネーブの文学者、哲学者。孤独と苦悩の日々を日記に書き続け、絶対的普遍的真理を求める理知的な哲学者の姿と、内省と瞑想にふけり、絶えず不安に悩まされる病的な魂とがみられる（『ブリタニカ国際百科事典』）そうである。いかにも菅によく似た性格のようである。

［わたしの救いはPhilosophieren（哲学的思索）Allgemein-keit(普遍）res cogitans（考える存在）になること。／真理に憧れて空しく亡びることさえも世俗的に豊かに生きることよりも美しいのではないか。／まる六年――軍隊も俘虜収容所も、わたしをほとんど変えなかった――わたしはあいかわらずセンチメンタルな哲学青年、弱くていつもふるえている魂、いや、わたしは、一そう哲学青年になっている。わたしの魂は一そう弱り傷ついている。／／だが今しばらくは生きねばならない――たとえこの世に於けるわたしの単なる存在、それだけでも安心し喜ぶ人々（老いた父母）がいる限り、そして、だまって考えよう――冷えしぼんだ魂を自分であたためさすりながら］

（菅「日記」一九四九年十二月七日）

一九五〇年一月一〇日、東京小平市に弟忠雄と同居し、再び哲学の徒として勉強を始めようとして、東京学芸大学の講義を聴講していた。一一日と二八日、務台理作を訪れ、政治的真実の問題について話し、

［政治性は、権謀術策、かけひき、妥協、宣伝（誇大化、一面化、歪曲、虚構の要素を含む）etc. につきまとわれている］

と日記に書いている。これは収容所でのことを話したのであろう。政治は、菅の求める哲学

的真実から最も遠いものであった。

一九五〇年二月八日、「日の丸梯団」が帰国。一四日、「日の丸梯団」三七三人、代表久保田善蔵は、国会に「懇請書」を提出した。カラカンダ第九分所に被収容中、九月一五日、ソ連政治部将校が新しく他の地区から移って来た日本人を集めて次のように言った、という。

「日本共産党書記長徳田球一氏より其の党の名に於て思想教育を徹底し共産主義に非ざれば帰国せしめざる如く要請あり。依而《よって》反動思想を有する者は絶対に帰国せしめぬであろう」

この時通訳に当ったのが菅であった。菅の名前も出ていた。さらに「懇請書」は言う。

「果して之が事実なりとせば日本政府進駐軍の努力及国民の総意に反するものにして、引揚促進に多大なる障碍を及すは言を俟たず。依而右事実の真否を究明し善処あらん事を切望す」（澤地久枝『私のシベリア物語』一九八八、文春文庫、一九九一、一五二頁。以下書名を略す）

久保田は、徳田日本共産党書記長が、共産主義でない者、すなわち反動分子は帰国させるなと、ソ連側に「要請」したと言うのである。そしてこの件の事実の真否を究明するように求めた。

二月一六日、新聞でこの問題を知った菅は、日記に次のように書いている。

「朝日新聞に、カラガンダからの帰かん者たちが、徳田書記長への抗議をしている。そこにわたしの名が通訳としてあげられている。現実に対してわたしは無力である。しかし現実はわたしをいじめないですまさない。わたしは陰にちぢまってふるえている。「わたしにさわらないでください。わたしをほつたらかしておいて下さい」しかし、現実はわたしをひっぱり出す。人々の前にさらす。／ひじょうにわたしはしばしば自殺の考えにとりつかれる。自殺からわたしをひきとめているものは何であろうか？　今の世の中にひじょうにみにくい、卑しいものでさえ平気でのさばっている以上、そんなにみにくくなく、卑しくないわたしも生きていて悪くはない考え。しかしおまえはみにくくないか。卑しくないか、フィロゾーフとして、たとえおまえがそんなにみにくくもない、卑しくもないとしたところで、そのことはおまえが是非とも生きているべきである、という結論をもたらさない。／ただ、この世でわたしの存在だけで安心し喜んでいる人々（老いたる父母）がいる。たとえ「生ける屍」であっても彼らのためにわたしはもう少しこの世に存在しなければならない」（萱）

先に、鹿野武一について感じられたことが、そっくりこの文章からも感じられる。萱と鹿野は性格がとてもよく似ている。真面目、誠実、繊細、優しい、気が弱い、良心的、倫理的といった共通の性格を持っている。ために二人の魂は弱り、傷つき、無力感に苛まれている。自分を受け止めてくれる人間だけが、彼らを生かしている、といえよう。しかもその真面目さが無責任を許さない。自分に向かない事柄も背負い来んでしまう。そして二人とも、政治的な人間ではないことを自覚していた。

鹿野武一は、

「ソ連にいた時、一つの立場をとろうとしたのですが、自分が余りにも非政治的な性格を持つことを思ひ知ったので、政治的な立場からは自分から「脱落」したのです。自分は「人間性」には政治的な立場をはなれて人間の「真実」があり、それによって人と人とが相結び得るとラーゲルで考へてゐました」（「鹿野登美宛書簡」一九五四年一月二一日）

と書いている「政治的立場」とは、共産党員もしくはアクチーヴ（活動家）になるということである。アクチーヴとは、「日本の民主的な改造に対して賛成し、ソ連においてそのために政治、文化、生産において何らかの活動をしているもの」である。菅も一時アクチーヴであったことがあったが、カラガンダで、「民主運動」を活発にさせようとする政治部員に、「おまえは民主運動を発展させないで、かえって妨害する。お前は政治活動をやる気があるのか」と責められて、次のように答えた。

「わたしは政治活動に不適であり、無能であることがわかった。わたしはギリシャ哲学を愛し、ヘーゲル弁証法を学んだ単純な学者にすぎない。それから、現在クーシャティ（食うこと）、ダモイ（帰国）にのみ心をひかれているウオエンノプレンニク（俘虜）の間に、政治活動を活発にするためには、ソ同盟自身が、社会主義のよい所を彼らに体験させてやらねばならない。ところが、彼らが日常見聞するのは、ソ同盟の悪い所ばかりである」

政治部員は怒った。

「おまえは反動だ。ブルジョア観念論者だ。わたしはおまえを炭鉱収容所に送ってしまう」

「どうぞ」（菅、四六頁）

「「われらの祖国ソ同盟のために！」とか「断乎反動を粉砕せよ！」などとはなばなしくアジることを期待されていたのに、わたしは、「ソ同盟にも不自然な所や遅れた所がある」とか「反動と言われる者も日本人民である。彼らに自由に民主運動を批判させせねばならぬ」などと説いた。そのため、アクチーヴたちから「プチブル」「日和見主義」と避難《ママ》された」（六一頁）

菅は、ソ同盟側からはブルジョワ観念論と言われ、日本人のアクチーヴたちから「プチブル」、「日和見主義」と非難された。自分が政治に不適であり、ギリシャ哲学とヘーゲル弁証法を学んだ哲学の徒にすぎないことを自覚していた。

「わたしは中ぶらりんである。この中ぶらりんである自分自身にそむけないのである」（六一頁）と書いている。菅はこの二元の中間にいて、「中ぶらりん」で、ブルジョワ観念論もプチブルも肯定すると言っているのである。それを隠さないのが彼の生涯を一貫している誠実さである。

一九五〇年三月四日、生真面目な菅は自分が政治に不適で無能であることを知りながら、当事者として事実を述べる責任があると、論理的に考え、すすんで渦中に入っていった。菅は「報告」（澤地一六八頁）を書き、参議院引揚委員会と、『朝日新聞』、『アカハタ』に送った。［モミクチャにされる覚悟で typhoon の中に］入っていったのである。そしてそこは、［政治性］即ち［権謀術策、かけひき、妥協、宣伝（誇大化、一面化、歪曲、虚構の要素を含む）etc. につきまとわれてい］る場所であり、菅には全く不向きな場所だった。

「報告」に、菅は、政治部将校の言葉を原文であげ、それを自分は次のように、直訳で、通訳したと書いている。（参議院での証言でも同文である。一四五頁）

［「いつ諸君が帰れるか？　それは諸君自身にかかっている。諸君がここで良心的に労働し、真正の民主主義者となるとき諸君は帰れるのである。日本共産党書記長トクダは、諸君が反動分子としてではなく、よく準備された民主主義者として帰国するように期待している」］（「報告」）

［ただわたしは真理を愛するものとして、事実を事実として明かにしなければならないと思い、ここに自分が知る事実を報告しました］（「報告」）

ソ連将校の「ナデェエツア」という言葉を、久保田は「要請」という強い言葉で言ったが、菅は「期待する」と直訳で通訳したと言っている。訳しただけで、徳田が本当にそう言ったのか、日本共産党とどういうつながりがあったのか、事情や背景などは何も知らないと。

ところが、三月九日付け『アカハタ』は、菅の「報告」を「要約」し、［「徳田書記長の要求によって反動は帰国出来ぬ」という発言は全然ない」という記事をのせた。菅は、『アカハタ』が

［報告に書きもせず、又言いもしないものを掲げて］歪曲していることに不安を感じ、抗議文を送った。

菅は「徳田要請」がなかったと言っているのではない。またあったと言っているのでもない。一通訳たる自分には政治的な背景は分からないと言っているのである。分からないから分からないと言っているだけなのである。それが菅の事実に対する誠実である。

三月九日と一〇日、菅は連合軍司令部から呼び出されている。菅はこのことについて口止めされたのか、何も書き残していないので、内容は一切分からない。が、この年の二月九日、アメリカ上院議員マッカーシーは、米国務省に五七人の共産党員がいると演説していた。アメリカではいわゆるマッカーシー旋風が吹き荒れていた、ということはある。

三月一二日、菅は参議院引揚委員会に書面を送り、次のように書いた。

［一、私は、一九四九年九月十五日カラガンダ市第九分署所で通訳した者です。

二、私は徳田要請の存否一般については何も知りません。ただあの時あの場の事実だけについて述べることができます。

三、私個人としては久保田氏達の証言が事実そのままではないと言うとともに、必ずしも意識的にでっち上げたデマとも断言できないと思っています］（澤地、一七三頁）

菅の言い得ることはこれに尽きているのである。事実を事実のまま言うこと、それ以上でも以下でもない。見たものは見たと言う、知らないことは知らないと言う、論理的で単純なことだったのであるが、政治の世界では、それが通らない。

三月一六日、徳田球一書記長は証人として出席し、タス通信が「徳田要請」を否定したことを論拠として、「徳田要請」を否定した。菅は日記には［参議院、傍聴］と書いているだけだが、たびたび自分の名前が出てくるので、傍聴席から「カンはここに来ております」と叫んだ（中野重治「公正への誘惑」、澤地、一七三頁）。

務台理作は「自分自身に触れて来た問題をだまってはずすことが出来ないという一種の精神的潔癖さから来ている事だと思う」と述べている（座談会・「菅季治の死をめぐって」『語られざる真実』二四二頁）。

三月一八日、菅は参議院引揚委員会に証人として出席した。以下「参議院特別委員会会議録」（『語られざる真実』所収）から主要なところを見てみる。ここで彼は、「徳田要請」はなかったと言わせたい政治家と、あったと言わせたい政治家の予断と偏見に満ちた質問にモミクチャにされる。政治の権謀術策、かけひき、歪曲、虚構化に引きずり回される。

状況を訊かれて、菅は、『日本新聞』には［徳田書記長がそういうことを期待しているというようなことは載っておりました］と証言している。『日本新聞』というのは、ハバロフスクで、日本人抑留者向けに発行された新聞で、一週間か一〇日くらい遅れてカラガンダにも届いた。

［内容は、国際情勢、ソ同盟事情、日本事情、マルクス主義の理論、それに収容所における民主運動だった。この最後の部門で、『日本新聞』は「天皇制軍隊機構」を攻撃し、日本軍

隊における将校の横暴、罪悪をあばき、ウオエンノプレンニクたちに「反軍闘争」を呼びかけた。「反軍闘争」というのは、収容所における軍隊機構を改革して「民主化」することである」（菅、四一頁）。

タブロイド版四頁で、発行日は火、木、土曜日。この第四面に、各収容所からの、政治色の濃い報告や呼びかけが載った。「新日本建設の成否は／民主戦線統一／戦友よ勇敢なれ」（一九四六年四月四日）とか、「軍国的圧制より祖国日本を解放」などの記事が出ている。一九四八年になると政治的記事が増えた。「トクダ書記長に笑顔で迎えられるよう／職場斗争。職場委の基本線の上に／全地区いまや戦闘的昂揚」（一九四八年一〇月一六日）とか、野坂参三中央委員の特別寄稿「ソ同盟より帰還して／入党せる諸君え！」の前文に、「ソ同盟からぞくぞく帰還する引揚者の数は本年四月末以来約十二万に達した。これらの人たちの多くは健康な身体と豊かな情感とをみやげに、祖国の町に村に帰って新しい日本の生活を切り開き日本共産党の斗争をおしすすめている」という文を置き、野坂の論文は、シベリアから帰って共産党に入党した人の文の引用から始めている。「自分らは日本は革命前夜にあると考えていたが、現実の日本はまだそこまで来ていないことがわかった。もし革命の前夜とゆう考えで活動するならば、自分らは大衆から浮びあがるであろう」。そうして野坂はこれを認めつつ、「理論やソ同盟の経験を、そのまま日本にあてはめようとする公式主義に陥る危険」を指摘し、「共産党、社会党、労農団体、まじめな民主主義者とともに」人民政府をつくる条件作りを進めることを呼びかけ、「私は諸君に、よき共産党員であることとともに民主民族戦線のよき組織者であることを期待する。／諸君の健斗を」と結んだ（一九四八年一一月二日）（澤地、三五一～三五四頁）。『日本新聞』は一九四九年一一月七日六五〇号で終刊。

また、菅は、『日本新聞』にはアカハタからの記事の転載がたびたびあったが、しかし、可なり激しい言葉で反動を吊上げよとか、反動を帰すなとかいう呼び掛けは、日本共産党の人々の言葉遣いとは違っている。『日本新聞』と共産党の関係は自分には分からない、と証言する。「トクダ・ナデェェツア」とはどういう意味か、と訊かれて、端的に一言、

［期待する］（菅、一四八頁）

と菅は答えている。しかし、それを聞く側の、帰りたい一心でいるのに、帰国の度ごとに除外され不安が募り、徳田書記長へ好意的でなかった抑留者も大勢いて、そういう心理状態で聞くと、

［徳田が期待しておると言えば、そこに何か連絡があるんだ、工作があるんだ、或いは要請があるのだというふうに発展して行ったのは、自然的な心理発展であったかも知れないと自分は思います］（菅、一四九頁）

と述べている。収容所という政治的状況の中で、聞く側の心理的事実の問題として、「期待」という言葉をより程度の強い「要請」というふうに解釈したかもしれない、ということはあり得る。それは聞く側の問題であって、言った（通訳した）側の問題ではない。

また、そういう何らかの連絡があったからそれをそのまま九月の一五日に政治部将校から話があったんだ、それを通訳したんだと考えますか、という質問に、「私自身としては、そのようにも、そうでないとも、どっちとも言えません」と答えている。さらに、最後の証言として、「私一人としては、徳田要請、あの十六日の傍聴以前においても以後においても徳田要請があったかなかったかということは、やっぱり自分自身何も分らないのであります。併し現在、今委員長さんからしばしば聞かれまして徳田書記長と、それから今度は僻地カラガンダの一分所の政治部将校とはどうも連絡がないように感じます。直接の連絡というよりも、心理的に言っても委員長さんの出されたような問題から言っても、どうも何ら関係がないように思います」（菅、一六五頁）

といくらか想像をまじえて答え、この日の委員会は終わっている。

この日、菅は何とか事実を事実のまま答え、それ以外のことを答えることをかろうじて回避し得た。状況からの推測は推測として語り、断定したことはなかった。

三月二一日、菅は、出征前に書いていた「人生の論理」をルーズリーフに写し終え、二二日から、原稿用紙に清書し始める。

三月二二日、「九州元将校特攻隊員一同」から、脅迫状が来る。一九日には励ましの手紙もあったのだが。

三月二七日、参議院は他の証人の証言と合わせて、「徳田要請は事実」と結論した。それは政治的綱引きの結果による、政治的結論というものであろう。

四月二日、菅は「人生の論理」の自費出版を草美堂と契約、北見の父母から送られてきた二万円と原稿を渡す。彼はすでに死の準備をしていたように思われる。「人生の論理」は生きた証ということだろう。四日、田中美知太郎から、「人生の論理」の序文が届く。

四月五日、衆議院考査特別委員会で証言する。議題は「日本共産党の在外同胞引揚妨害問題」となっていた。以下「衆議院考査特別委員会会議録」(『語られざる真実』所収)から主なやりとりを見てみる。ここで菅は参議院以上に政治家の意図的な質問に翻弄される。参議院と同趣旨の質問が続いた後、篠田弘作委員の、

[……ナデーエツアということを期待しておるというふうにあなたは訳しておられるのでありますけれども、それを日本共産党書記長は期待しておるのではなく、要請しておると訳すことは、ロシア語としてできませんか」

という質問があった。菅は
[デリケートですね。ちょっと強過ぎると思います」

と答えている。すると委員は重ねて、ナデーエツアという言葉を要請と訳すことが誤りであるかどうかを専門家に聞きたいと述べ、原口調査員(衆議院事務局のロシア語専門家)が参考意見として次のように答えた。

[……そのとき菅君は期待しておると訳したかったから訳したのであって、菅君がもし要

請しておると訳したいならば、要請しておると訳してもいい言葉だと私は思います。失礼ですが、私は菅君がさっき言ったハルピン学院の第一期卒業生であります」

［そうです。確かに主観的な解釈の問題です」（一八三～一八六頁）

と菅は譲歩してしまう。原口は、政府側に添うような意見を述べ、「ハルピン学院第一期卒業生」という言葉で菅にカウンターを食らわせた。言葉の問題としては、「ハルピン学院第一期卒業生」が何と言おうと、辞書が一冊あればよかったはずなのに。『露語辞典』（岩波書店、昭和一〇年）には、「ナデェエツア」は「期待する、当にする」とある。「要請する」ならば、「トレーバヴァチ」＝「①請求する、要求する、申込む②促す、催促する、③必要とする、入用である」の方が相応しい（澤地、一九九頁）。

さらに、［真正の民主主義者というのは、一体その言葉の内容を構成するものは何ですか」という質問に対し、［……ソ連で民主主義者と呼んでいたのは、実は共産主義者ないし共産主義に同意する者、肯定する者、こういうふうに思います」（一八七頁）と答え、［真正と特につけたのは、まっ赤な共産党という意味じゃないのですか」との問いに、［真正とついたらそうなると思います」と答えている。

休憩の後、あなたも共産党から拘束を受けているのではないかとか、何人の要求によってそのこと（「報告」）を発表したのか、共産党に同情していたのではないか、徳田氏を弁護したかったのではないか、という質問に、

「そういうことは疑われると非常に苦しいのでございますが、私はまじめな一人の国民として、事実を事実として述べる、そういう気持でやったのであります」（二〇六頁）と答えている。知らないことは知らないと知っている菅は、初めから一貫して、見たものは見たと言い、（つながりや背景など）自分は知らないから知らないと、事実を言っている。しかるに政治家は他者のことも自分の身の丈に合わせて考えるから、そこに何かウラがあるだろうと勘ぐり、気の弱そうな彼に、嵩にかかって襲いかかり、あらぬ疑いで彼をモミクチャにした。菅は、ギリシャ哲学を愛した哲学の徒であり、「権謀術策、かけひき、妥協、宣伝（誇大化、一面化、歪曲、虚構の要素を含む）etc.」の政治には向かない人間であることを自身よく知っていた。菅は事実を事実として述べるという姿勢に変化はなかった。しかしそれが通じなかった。

一九五〇年四月六日、菅は自殺を図る。三回首吊り自殺をしようとして果たせず（澤地、二〇四頁）、夜七時二八分、武蔵野市吉祥寺―三鷹間の中央線上り線路で、鉄道自殺。ポケットには、『ソクラテスの弁明』（岩波文庫）と『物質とは何か』と「報告」が入っていた。三二歳であった。

四通の遺書が残されていた「この世でわたしのたゞ一人の友であった」石塚為雄に宛てて。「いつも、自分の魂の弱さと孤独とをつらがっていたわたしは、もう堪えられなくなった。／あの事件で、わたしはどんな政治的立場にもかゝわらないで、たゞ事実を事実として明らかにしようとした。しかし政治の方ではわたしのそんな生き方を許さない。わたしは、たゞ一つの事実さえ守り通し得ぬ自分の弱さ、愚かさに絶望して死ぬ。／私の死が、ソ同盟や共産党との何か後暗い関係によるのではないことを信じてくれ。（略）」（一三四頁）

務台理作宛に次のように書いている。

「……わたしはもと〳〵弱い人間でしたが、ホリョ生活で一そう弱くなりました。こんどの事件で最後の力をふりしぼって真実のため闘おうとしましたがやはりわたしは弱すぎました。ただわたしの死が、自分の弱さの絶望によるのであって、けっしてソ同盟や共産党との後暗い関係によるのでないことを信じて下さい」（一三三頁）

また「世間の人々へ」と題する遺書は次のとおりである。

「私は日本へ還ってから平凡で真面目な国民の一人として生きようとした。今度の事件でも私はありのまゝの事実を公にして国民の健全な判断力に訴えようとしたのである。しかし私を調べた人々には私とソ同盟、私と日本共産党との間に何か関係があると疑って、私の証言の純粋さを否定しようとする。いまの世の中は、たゞ一つの事実を事実として明かにするためにも多くのうそやズルさと闘わねばならぬ。しかし闘うためには私は余りにも弱すぎる。たゞ一つの事実を守り通せぬほど弱い人間に何の存在意義があろう？　私の死についても一部の人々は私がソ連同盟でアクチーブだったことから何か拘束を受けているように疑うかもしれないが、そんなこと全くない。私と同じように日本へ還って新しい心構えで日本の生活を営むようにしているソ連帰りの人々にたいして、世間一般が偏見なく接してくれるよう望む。私はただ悪や虚偽と闘い得ない自分の弱さに失望して死ぬのである。私は人類のために真理のために生きようとした。しかし今までそのため何もしていない。だがやはり死ぬときには／人類バンザイ！／真理バンザイ！といいながら、死のう」

（菅『語られざる真実』一三六～一三七頁）

菅の死は確かに彼の性格の弱さによるものであろう。臼井吉見は菅の死を［むしろ事実を事実として守り通すための死ではなかったか」と述べている。これには菅の親友石塚為雄も賛意を表している。（座談会「菅季治の死をめぐって」『語られざる真実』二二三頁）

人類万歳と菅は叫ぶけれど、彼が思う理想と、政治的人間の現実との間には大きな乖離がある。その落差が彼を追い詰めた。菅が自分の弱さに絶望して死ぬというのは、彼の心情としては事実であろう。彼には、ここは自分のような気の弱い者のよく生きていけるところではないという実感があっただろう。だから彼は政治を厭い、知を愛し、静かな哲学の思索のなかで何とか生きていこうとしたのだ。しかるに、その誠実と責任感のゆえに、海千山千の政治の渦中に呑みこまれ、政治家の厚かましさには決して通じぬ言葉と己の弱さに、冷え切った魂は耐えきれず、絶望して死を選んだのであろう。四年間の抑留にはなんとか堪え得た菅も、この政治的詰問には神経が持たなかったのかも知れない。

菅が鉄道自殺した時、ポケットに持っていたプラトン著『ソクラテスの弁明』は次のような内容である。ソクラテス（前四七〇～前三九九）は、アニュトスやメレトスらから、天上天下のことを探求し、弱論を強弁するなど、いらざるふるまいをなし、かつ、この同じことを他人にも教えており、若い者によくない影響を与えている、という咎で訴えられた。ソクラテス（七〇歳）は、弁明に立つ（が、話が長い。よく喋る。いわゆる産婆術ということだろう）。（掻い摘んで言うと）彼はデルポイへ出かけていって、わたしよりもだれか知恵のある者がいるかどうか尋ねたら、そこの巫女は、誰もいないと答えた（神託した）。これはどういうことか（汝自身を知れ、ということ、か）。ソクラテスは自分が知恵ある者とは自覚していないのだから。

ソクラテスは、ある知恵あるとされる人物を訪ね、そうではないとはっきり分からせてやろうと思った。その（アイロニーの）結果、彼はその無知を暴かれた男から憎まれるようになった。ソクラテスは、この男は知らないのに何か知っているように思っているが、わたしは、知らないから、そのとおりに知らないと思っている。つまり、わたしは、知らないことは知らないと知っている（無知の知）。このちょっとした違いで、わたしの方が知恵があるということになるらしい。

その弁明にも関わらず、アテナイ人たちは、ソクラテスに有罪を評決した。その後、量刑を決めるためにもう一度被告の申し立てが行なわれる。そこでまた一くさり喋るが、評決の結果、死刑となった。死とは何か。もしそれが何の感覚もなくなることであって、人が寝ていて夢ひとつ見ないようなばあいの眠りのごときものであるとすれば、死とは、びっくりするほどの儲けものであるということになるでしょう。また他方、死というものが、ここから他の場所へ旅に出るようなものであって、人は死ねばだれでもかしこへ行くという言い伝えが本当だとすれば、これよりも大きい、どんな善いことがあるというのでしょう。もう死んで、面倒から解放されたほうが、わたしのためには、むしろ善かったのだということが、わたしにははっきりわかるのです（プラトン「ソクラテスの弁明」田中美知太郎訳『世界の名著6　プラトン』中央公論社、一九六六）。

その後、ソクラテスは毒杯をあおいで死んでいく。いやその前に、最後の言葉を残した。「おお、クリトンよ、私はアスクレビオスに鶏を一羽借りている。私の借りを返しておいてくれ。わすれないように」。ソクラテスは、うき世の義理を蔑ろにしなかった、のだろう。（ここの出典は庄司薫「封印は花やかに」のエピグラフ。また『狼なんかこわくない』一一三頁。その出典はプラトン『パイドン』から）

菅は知らないことを知らないと言い、それを貫いた。知を愛する哲学の徒であった。政治的人間たちに追い詰められ、自分の手には負えないと思い、自分の弱さに絶望しながら、「むしろ事実を事実として守り通すため」（臼井）、事理を明らかにするために、死を選んだ。それはまた或は面倒から解放されるためであったかどうかは、誰にも分からない。

一九五〇年四月二八日、衆議院考査委員会は、「日本共産党は「徳田要請」によって在ソ邦人の引揚を妨害したものでありさらに書簡その他によってソ連当局または在ソ当局または在ソ邦人間の「民主運動」の指導機関を通じ間接に妨害したのは明らかである……」「（朝日新聞」一九五〇年四月二九日）という中間報告を決定した。まさに政治的決着である。澤地によれば、「「共産主義者でない者は帰すな」という意味の「徳田要請」の存否は確認されていない」（澤地、一六〇頁）。

一九四九年、下山事件、三鷹事件、松川事件などが起こり、一〇月一日、中華人民共和国が成立する。一九五〇年、アメリカではマッカーシー旋風が吹き荒れ、六月二五日、朝鮮戦争が起こり、七月、日本でもレッドパージが吹き荒れるという、東西冷戦、反共の時代の中での出来事であった。

六、石原吉郎の断念

石原吉郎が聖書のように読んでいたという『夜と霧』の中で、ヴィクトル・エミール・フランクル（一九〇五～一九九七）は「苦悩する勇気」について書いている。

「まず最初に精神的人間的に崩壊していった人間のみが、収容所の世界の影響に陥ってしまう。（略）またもはや内面的な拠り所を持たなくなった人間のみが崩壊せしめられた」

「彼自身の未来を信ずることの出来なかった人間は収容所で滅亡していった」

「人が感情の鈍麻を克服し刺戟性を抑圧し得ること、また精神的自由、すなわち環境への自我の自由な態度は、この一見絶対的な強制状態の下においても、外的にも内的にも存し続けたということを示す英雄的な実例は少なくないのである。強制収容所を経験した人は誰でも、バラックの中をこちらでは優しい言葉、あちらでは最後のパンの一片を与えて通って行く人間の姿を知っているのである。そしてたとえそれが少数の人数であったにせよ——彼等は、人が強制収容所の人間から一切をとり得るかも知れないが、しかしたった一つのもの、すなわち与えられた事態にある態度をとる人間の最後の自由、をとることはできないということの証明力をもっているのである。（略）その内的決断とは、人間からその最も固有なもの——内的自由——を奪い、自由と尊厳とを放棄させて外的条件の単なる玩弄物とし、「典型的な」収容所囚人に鋳直そうとする環境の力に陥るか陥らないか、という決断なのである」

「具体的な運命が人間にある苦悩を課する限り、人間はこの苦悩の中にも一つの課題、しかもやはり一回的な運命を見なければならないのである。人間は苦悩に対して、彼がこの苦悩に満ちた運命を共にこの世界でただ一人一回だけ立っているという意識にまで達せねばならないのである。何人も彼から苦悩を取り去ることはできないのである。何人も彼の代りに苦悩を苦しみ抜くことはできないのである。まさにその運命に当った彼自身がこの苦悩を担うということの中に、独自な業績に対するただ一度の可能性が存在するのである」

（（フランクル『夜と霧』一九四七、霜山徳爾訳、みすず書房、一九六一年、一七一、一七

九、一六六、一八四頁、傍点原文）

フランクルは、自分はオプチミストであるといっているが、この引用にもそれは見て取れる。数多くの人が典型的な収容所囚人になっていった中で、収容所の強制に負けない、内面的な自由を確保した少なくはない事例を、彼は人間の未来として認めるのである。優しい言葉や最後のパンの一切れを人に譲ること＝愛、にその徴を見る。この他にも例えばコルベ神父がガス室に送られようとしている人の身代わりになったことも数えられるだろう。内的な拠り所、例えば愛する妻や子供、未来を支えに、この人間の運命を彼がただ一人一回だけ引き受けるという意識、意志的な実存の「苦悩する勇気」が、人間の自由と尊厳を確保する。人間の生に意味を与える。［苦悩が可能にした価値の実現］（同、一六九頁）これこそペシミストの苦悩する勇気である。

［彼は天に、彼の苦悩と死が、その代りに彼の愛する人間から苦痛にみちた死を取り去ってくれるようにと願ったのである。（略）意味なくして彼は苦しもうとは欲しなかった］

（同、一九二頁）

北條民雄は、苦しむには才能がいると言っていた。フランクルは苦悩するには勇気がいると言うのである。石原の言う「ペシミストの勇気」はここから来ているだろう。

石原は『サンチョ・パンサの帰郷』のあとがきで次のように書いている。

［〈すなわち最もよき人びとは帰っては来なかった〉。〈夜と霧〉の冒頭へフランクルがさし

挿んだこの言葉を、かって疼くような思いで読んだ。あるいは、こういうこともできるであろう。「最もよき私自身も帰っては来なかった」と。今なお私が、異常なまでにシベリアに執着する理由は、ただひとつそのことによる、私にとって人間と自由とは、ただシベリアにしか存在しない（もっと正確には、シベリアの強制収容所にしか存在しない）。日のあけくれがじかに不条理である場所で、人間は初めて自由に未来を想いえがくことができるであろう。条件のなかで人間として立つのではなく、直接に人間としてうずくまる場所。それが私にとってのシベリアの意味であり、そのような場所でじかに自分自身と肩をふれあった記憶が、〈人間であった〉という、私にとってかけがえのない出来事の内容である」

（『サンチョ・パンサの帰郷』の「あとがき」傍点原文）

石原が、シベリアの強制収容所の、「日のあけくれがじかに不条理である場所にしか、人間と自由は存在しない」と言うのは、先のフランクルの言葉を踏まえてのことであろう。石原が言っているのは、様々な条件に恵まれた自由ではなく、極限的な状況における「人間の最後の自由」のことである。それはノスタルジーと言うより、とてつもない理想主義である。

石原は抑留期間中に二回の淘汰があったと書いている。一回目は入ソ後（一九四六から四七年の冬）で、栄養失調や発疹チフスで数万人が死んでいった。「最も多くの日本人がこの時期に死亡した」。前記の食罐組はこの時以来のものである。栄養失調には精神的な要因が大きく作用している。それは精神力ということではない。

「生きるということへのエゴイスチックな動機にあいまいな対処のしかたしかできなかった人たちその適応の最初の段階の最初の死者から出発して、みずからの負い目を積み上げて行かねばならない。

すなわちもっともよき人びとは帰ってはこなかった　フランクル『夜と霧』

いわば人間でなくなることへのためらいから、さいごまで自由になることのできなかった人たちから淘汰がはじまったのである」

（石原「強制された日常から」『日常への強制』Ⅱ）

ここで石原は、先のフランクルとは逆のことを言っているように思える。一人の人間の中には優しい部分と、エゴイスチックな部分が同居している。シベリアでも、優しい言葉や最後のパンの一片を他者に与えることをことした人は、決して少なくはないが、多くもなかった。非人間的になることをためらった人たちは決して少なくはなかったが、しかし彼らは生きて帰ってはこなかった。

多くの人間は、極限状況のなかでの、収容所の強制に負け、己のエゴイズムに負け、物を盗み、人間の最後の自由を放棄した。非人間的に振る舞うことを避けたいと思っても、体がいうことをきかない、ということはよくあることである。なまはんかに人間的であろうとすると、食糧の争奪に負けてしまう。そのような負ける人間がいることは、誰かがその分生き延びることにもなる。精神がそれを堕落であると諫めようと、肉体は裏切ってしまう。あるいはそれを堕落と考えるゆとりもなく「適応」してしまう。ものを考えないことで生きやすくなる。「むき出しの人間性を発揮すること」即ち非人間的になること、強制収容所ではこれが一般的なことであった。主体性などはどこかに溶け出てしまった。

「おれが忘れて来た男は／たとえば耳鳴りが好き／
耳鳴りのなかの　たとえば／小さな岬が好きだ／　（二〇行略）
その男が不意にはじまるとき／さらにはじまる／もうひとりの男がおり／
いっせいによみがえる男たちの／血なまぐさい系列の果てで／
棒紅のように／やさしく立つ塔がある／
おれの耳穴はうたがうがいい／虚妄の耳鳴りのそのむこうで／
それでも　やさしく／立ちつづける塔を／
いまでも　しっかりと／信じているのは／
おれが忘れて来た／その男なのだ」（「耳鳴りのうた」）

耳鳴りがすると不意にはじまる「おれが（シベリアに）忘れて来た男」とは、端的に言って、「もっともよき人びと――もっともよき私自身」である（それがどういうものであるかは、その時石原自身にも分からないことだろうが）。「いっせいによみがえる男たちの／血なまぐさい系列の果てで」、つまり非人間的な、むき出しの人間性が充満している状況の中で、「さらにはじまる／もうひとりの男がおり／棒紅のように／やさしく立つ塔がある」、つまり人間性を保持しようとするやさしい人間、「もっともよき人」、「もっと美しいはずの人間」が居る。石原は「忘れて来た男」に拘り、忘れがたく思い、やさしく立ちつづける塔を自由の標のように愛惜している。それは二重の風景であり、ある種のナルシシズムであろう。「自由とは最も拘束された場所で、のがれがたい希求としてリアリティをもつもの」であり、不条理としての自由は「過酷なまでに自由な男」を生み出す、と石原は言う（「「耳鳴りのうた」について」『海を流れる河』Ⅱ）。すなわち「むき出しの人間性を発揮すること」からの自由である。自制の自由である。（「「耳鳴りのうた」について」という文章は、香月泰男流に言えば「言葉書き」である。）

「人間でなくなることへのためらいから、さいごまで自由になることのできなかった人たちから淘汰ははじまったのである。／適応とは「生きのこる」ことである。それはまさに相対的なことであって、他者を凌いで生きる、他者の死を凌いで生きるということにほかならない。この、他者とはついに「凌ぐべきもの」であるという認識は、その後の環境でもういちど承認しなおされ、やがて〈恢復期〉の混乱のなかで苦しい検証を受けることになるのである」

（石原「強制された日常から」）

「むき出しの人間性」を発揮し、「他者を凌いで生きる」ことは、やはり堕落なのだ、と石原は言う（これが言えるのは帰国後のことであろう）。すなわち、彼らの中の最も「よき人」は、失われていったのである。「適応」できず、すでに死んだか、帰っては来なかった。前述のように、石原自身、人を売る体験をしたと語っている。針一本で売られたこともある。

一九四六（昭和二一）年、アルマ・アタの収容所で、石原は哲学者Nから、「歎異抄」を口伝され、石原は暗唱した。ところがあるときNが隣人のパンを盗んで営倉に入れられた。石原にとっては青天の霹靂のような事件であり、一切の拠り所を奪われたおもいであった。以後彼はNとの交渉を一切断った。これは石原がNを裁いたのである。あるいは「告発」したのである。「歎異抄」を人に教えるほどの人が隣人のパンを盗んだということが、石原には許せなかったのである。石原のまなざしはとても厳しい。強い意志の持ち主は、許すということをしない。しかし、よく考えてみれば、この事件自体が極めて歎異抄的な事件である。ずっとのちになって（帰国後？）、そのことに気付い石原は「居たたまれないような悔恨におそわれた」と書いている（石原「仏典二冊」『海を流れる河』Ⅱ）。

だが、誰もが自分が生き残ることとしか考えられなかった状況の中で、自分が生きることしか考えなかったからといって、その弱さあるいは強さを堕落だと一方的に厳しく指弾されることもあるまい。人間は弱い。理想主義は現実に負けて行く。ことは強制収容所の極限状況のなかで起こったのであり、そのことが勘案されなければならない。だからといって、それは仕方なかったのだ、と居直るのは、現実追従の退廃である。堕落を堕落と思わないのが堕落である。堕落を反省し、許しを得るための宗教・哲学が、必要になってくるが、それはシベリアに居る時の石原の問題（テーマ）ではなかった。そんな余裕はなかった。「歎異抄」を口伝したNがパンを盗んだという一件、そしてそれを石原が許さなかったという一件は、思ったより重要な事件である。石原はNを弱者として裁いたわけだが、「歎異抄」はいわば許しの宗教哲学を書いているはずなのだった。ただ、石原は帰国後、Nの抑留手記を読んだが、Nはパン泥棒の一件には触れてなかった。

二回目の淘汰は、判決後の一九四九年から五〇年の、最も過酷な一年間で、バム地帯のタイガでの強制労働の時期に起こった。まず、バム地帯に送られる際のストルイピンカ（拘禁車）の中の食糧と排泄の問題があった。［わずか三日間の輸送のあいだに経験させられたかずかずの苦痛は、私たちのなかへかろうじてささえて来た一種昂然たるものを、あとかたもなく押しつぶした］（前述）。またノルマ制度のために、達成者と未達成者の間で食糧の分配量に差をつけた。増食組は若い体力のある者、減食組は老人と病弱者という区別が出来上がる。またその中間組は、増食に与かろうとして、無理をして働き、やがて犠牲者となってしまう。明確な格差のある食卓は悲惨である。

［私たちは、人間とは最終的に一人の規模で、許しがたく生命を犯しあわざるをえないものであるという、確信に近いものに到達する。（略）食事によって人間を堕落させる制度を、よしんば一方的に強制されたにせよ、その強制にさいげんもなく呼応したことは、あくまで支配される者の側の堕落である］（「強制された日常から」『日常への強制』Ⅱ）。

なぜなら、フランクルも言うように、与えられた事態にある態度をとる人間の最後の自由を奪うことはできないはずだからである。日のあけくれがじかに不条理である場所で、「人間である」ことの自由。その最後の自由を放棄し、甘んじて堕落したのは、一人一人の人間であった、と石原は言う。甚だしい疲労と栄養失調の中で、思考能力が衰え、麻痺し、無関心、無感動になっていたとしても。

さらに、収容所ではしばしば密告が行われた。そこでは一切の金属が取り上げられる。石原は上着の（金属製）ボタンも取り上げられ、前を重ねて縄で縛って寒さを凌いだが、伐採作業の鋼索（ワイヤー）を利用して針を作った。めど（針孔）を作るのに工夫が要った。糸はありあわせの布切れをほぐして使い、防寒着と長靴を補修した。それを見ていたのはバラック当番の西ウクライナ出の老人だった。針一本にかかる生存の有利・不利に関して、弱者は強者の逞しさ、抜け駆け、横暴が我慢できない。石原は呼び出しを受けて、はっと覚り、針を雪の上に捨てその上を踏みつけた。警備兵が調べ上げたが何も出てこなかった。密告したのはほぼ彼に間違いない。動機は、嫉妬である。

［自分の不利をかこつより、躊躇なく隣人の優位の告発を選ぶ。（略）人間は生存のためには、その最低の水準において〈平等〉でなければならず、完全に均らされていなくてはならないというのが、彼のぎりぎりのモラルである。ここにおいて、嫉妬はついに、正義の感情に近いものに転化する。（略）私自身いく度となく、こうした嫉妬をあじわった。強者の知恵が平然と弱者を生存圏外へ置き去ろうとするとき、弱者にとって、強者を弱者の線にひきもどすには、さしあたり権力に頼るしかないのである］

（石原「弱者の正義」『望郷と海』Ⅱ）

そういう弱者の嫉妬、狡さからくる密告が、石原には許せない。しかしこのような嫉妬＝ルサンチマンの感情は誰にでもあるものである。弱い立場の者は、強い者の抜け駆けを許せず、報復として、倒錯であるにもかかわらず、敵の権力に密告する。しかしてこうした報復に対する報復が機会を捉えて行なわれる……。

「堕落」を問い詰める自我（の痛み）が息を吹き返すのは、体力が回復し、精神が蘇ってからである。言い換えれば、失語状態に言葉がよみがえる。これにも二つの場面がある。一つは、ハバロフスクに輸送され、一般捕虜並の待遇になって、健康を回復していった時期。もう一つは、帰国後の主体の混乱が落ち着いてからの時期である。二回は程度の深浅こそあれ、基本的に同じ倫理の検証を受ける。

ハバロフスクでは、八時間の労働と日に三回の平等な食事があてがわれた。「食っただけちゃんと肥る。まるで豚だ」と軍医が言った時、「私は生存そのものがすでに堕落であるという確信につきあたって、思わず狼狽した」（「強制された日常から」Ⅱ）。

ハバロフスク郊外の、男達は皆強制労働に送られ、ウクライナから強制移住させられた女と子供ばかりのコルホーズの収穫に駆り出された時、食事係の女が、「おいで、ヤポンスキイ、おひるだよ」と呼びかけてきた。警備兵も黙認している。いくつかのパンのかたまりと、肉と馬鈴薯とにんじんを煮込んだスープだった。女たちは石原がスープを飲む様を、沈黙し涙を流しながら、いたましい目つきで見ていた。

「そのときの奇妙な違和感を、いまでも私は忘れることができない。／そのとき私は、まちがいなく幸福の絶頂にいたのであり、およそいたましい目つきで見られるわけがなかったからである。女たちの沈黙と涙を理解するためにはなお私には時間が必要であった」（同前）

これはどういうことだろうか。満足に食べていない彼等の旺盛な食欲は、コルホーズの不幸な女たちに、自分の夫たちもこんなふうに飢えているのだろう、と思わせた。しかし石原には、他人の不幸を思いやる余裕はなかった。石原がこのことの意味に思い至るのは、もう少し体力を回復してからである。飢えが人間への思いやりを失わせるというのは人間の自然性であるだろう。しかし、彼は少し体力が回復すると、自分を見る他者の目を意識し始める。と言うより、それはすでに良心の目である。主体性を回復し始めた自意識の視線は、他者の目より厳しく己の堕落した姿を見つめはじめ、許そうとしない。繰り返し言えば、失語状態に言葉が、理性が、よみがえる。これが石原の感性であり、倫理である。

石原は「一切の〈体験〉を保留したという形で帰国した」（「〈体験〉そのものの体験」Ⅱ）。帰国後、その体験に見合う精神的な苦痛と混乱と違和感を経て一五年後、石原が体験を整理し、主体を回復し、散文による自己検証を開始してから、彼の主眼はこの堕落の問題に置かれ、厳しく自己を問い詰める。自己審問が石原の自己確認・自己救助の方法である。

［堕落はただ精神の痛みの問題であり、私たちが人間として堕落したのは、一人の精神の深さにおいて堕落したのであって、もし堕落の責任を受けとめるなら、それは一人の深さで受け止めるしかないのである］（「強制された日常から」『日常への強制』Ⅱ）

しかし、人間はいつでも自己正当化の衝動を持つ。

［追いつめられた極限状況下でのこの自己正当化は、つぎのような単純明快なかたちをとらざるをえない。「生きのこることは至上命令である→そのためにこそ適応しなければならない→そのためにこそ堕落はやむをえない」。（略）問題は、このパターンがいつ、どこでたましいの検証を受けるかということである。そのとき私たちは、はじめて体験を、その全重量で問われるのである］（石原「『望郷と海』について」『海を流れる河』Ⅱ）

［さあ、いちばんいやな話をはじめようじゃないか……」（「ノート」一九六〇年五月二日、Ⅱ）

ここには石原のクリスチャンとしての実存と思考がある。それをキリスト教的な良心といってもいい。そもそも彼がクリスチャンになったのは、もともとこの良心があったからであろう。彼は倫理的な生い立ちなのである。も一度言うが、キルケゴールのいわゆる［③絶望して、自己自身であろうとする場合］である。

孤独と自立の問題は、集団としての人間ということを捨象してしまう。つまり、強制収容所に入れられた政治的ないきさつとか、そこではたいていの人間が堕落を余儀なくされたとか、そういった付帯状況は捨象して、個としての人間の深層を、それのみを問題にしている。［なぜなら集団のなかには問い詰めるべき自我が存在しないからである］。まして、仕方なかったとか、忘れることでなれ合い、頽落していくなど、問題にもならない。人間は一人の人間として、その精神の経過をたどり、いつか検証を受ける。そしてそこに堕落があるか、救いがあるか、たましいの検証は、最後の審判に似る。

石原は、シベリアでの苦境を過ごす時、キリスト教は支えにならなかったと言う。石原が拠ったキリスト教は、神の憐みを祈るというスタイルではなく、カール・バルト（一八八六〜一九六八）の弁証法神学であった。石原は丸川仁夫訳の『バルト神学要綱・ロマ書』を読み、［若い時にああいうパラドックスに惹かれた］と語っている。

［例えば、人間の方から神の方へ歩いていくことはできない。人間は永遠に待たなければならない。それから、神にかけようとする梯子は、必ず途中で折れている。そういう表現が沢山あるわけです。（略）バルトの用語法というのは非常に独特で、例えば「にもかかわらず」とか「垂直に」といったことばがむやみに出てくる。前後の断定が食いちがっていても、そういうものを乗りこえて発想を拡大していくわけですが、そういう発想法が、ちょうど戦争の始まる直前の青年にはショッキングであり、魅力だったわけです。普通のロジックではついて行けないという、むしろ逆説的に神学にとびついたのは無理もないと

思いますね。ただ僕には、あの頃すぐ兵隊に行かなければならないという状態があって、とにかくそれまでに自分の気持を決めておきたいと思ってバルト神学にとびついたわけです。それでまあ教会へ行ったわけですね。つまり気持を安定させようと思って行ったんです。今になって考えてみると、教会というところは人間を安定させるところじゃないんです（笑）。むしろ人間を不安にさせるところなのです。人間は、不安になることで初めて生き生きといろんなものに目覚めてくる。安定したところからは何も出てこない。ところがあの時はそう考えなかったのですね。結局教会へ行ったって全然不安になっちゃってね。安定するどころじゃないですよ。ですからシベリアへ行ったって自分の信仰が自分を支えたという場面は一つもなかったしね、たった一つ支えになったのは、洗礼を受けたという事実です。それはもう、半分は自分の責任で、半分は神からの救済としてやって来たと固く信じたわけです」　（「北村太郎との対話『サンチョ・パンサの帰郷』の周辺」『海への思想』Ⅲ）

シベリアでキリスト教の信仰が支えにはならなかったが、洗礼を受けたという事実だけが、彼をキリスト教徒として繋ぎとめた、それを彼は「神からの救済」と言うのである。

石原がバルト神学に魅力を感じたというのは、例えば次のような箇所ではなかっただろうか。

「福音は「信仰」を要求する。信ずる者にとってのみ、それは「救いを得さする神の力」である。救いを得さす神の力は新しきもの、この世に於いて未だ聞かずまた期待しなかったものである。が故に、それはこの世に於て、それはたゞ矛盾としてのみ現はれ理解されるに過ぎない。福音は説明もしない、勧めもしない、乞ひもしない、商議もしない。それは唯信ずべきものである。それは、矛盾に止まり得ない者には躓きとなり、矛盾の必然性から遁れ得ない者には信仰となる。信仰とは、知られざる神に対する尊敬、神と人、神と世界との質的差異を知って神を愛すること、世界転回として復活を、従ってキリストにある神の否《ナイン》！　を然諾することである。神を、神のみを信頼する者、即ち我らがこの世の生存と性質への矛盾の中に置かれてゐるといふ点に神の誠実を認める者、この誠実に対し誠実もて答へる者、神と共に「而《デンノッホ》も！」を云ひ「にも拘らず《トロッツデム》！」を云ふ者、彼は信ずるのである。信ずる者は虚しくなるのである、否定し去るのである、片附けて了ふのである。そして「此岸」に於て「彼岸」の為に場所をあけるのである。故に信仰は決して「敬虔《フロエミツヒカイト》」と混同されてはならぬ。敬虔が止揚されたところに信仰はある。信ずる者は、神から生命を受けるが故に自ら生きるのである」

（カール・バルト『バルト神学要綱・ロマ書』丸川仁夫訳、新生堂、一九三三、一六頁、以下バルト『ロマ書』と略す）

難解をもってなるバルトの神学の、これは主題の第一章にあり、中枢部分であろう。普通のロジック、例えば善因善果とか、福徳一致とかの条理・因果律ではついていけない世界、矛盾に満ちた世界の、神と人間との関係を、福音（救拯）は説明できない、神と人間との間には絶対的な質的な差異、断絶がある。それにも拘らず《トロッツデム》、神の誠実はただ信ずべきものであり、そこに人の義＝信実がある、とバルトは説明している。「はからい」は無用である。

日の明け暮れがじかに不条理である状況の中で、神の救済（奇蹟）を願わぬ者はいない。神の憐れみという直接的な救助（現世利益）を、人間は望む。だが、カール・バルトの神学はそれは無力であるという。神は常にそこにいる（イマヌエル）のだが、人間の方から神に歩いていくことはできない。

「人の義を神に売りつけること（注・商議）は出来ない。それは買手たる神の眼には無価値である。我らが歴史的に心的に信仰と呼ぶもの、それは結局不虔、不逞以外のものではない。所謂義人をも神は審き給うのである」　（バルト『ロマ書』四二頁）

「人間を神と対等の立場に置き、自己の生命の為に神を呼び神に祈ることは、即ち「不虔であり不逞であり」神の怒りは避け難いのである」　（バルト『ロマ書』六四頁）

不虔と不逞に対して神の怒りが顕れる。不虔とは、神を知っていると語り、神に最高の地位を与え、この世に引きずりおろし、あやつり、永遠と時とを交換することである。不逞とは自らが密かに主となり、自ら神の高みに上り、時と永遠とを交換することである。そのように、神が持ち、神が与えるものを盗むことには、神の怒りが下るであろう。神は人の手で造られた神殿には住まわない。

人間の神への「はからい」は無用である。神の意志は、人の義ゆえに救いをもたらす、というわけではない。人には神の真意が見えない。人の眼には世界は矛盾であり、不条理であるとしか見えない。神の論理を人間の論理に置き換えることは出来ない。神と人の間の質的断絶に架橋はない。神にかけようとする梯子は、必ず途中で折れている。商議はない。

［宗教の現実とは、実に、争ひと躓き、罪と死、悪魔と地獄とに外ならぬ。それは人間を決して負債と運命との問題から導き出すのではなく、初めて正しくその中に導き入れるのである。それは人に彼の人生問題の解決を与へないで、却つて彼自身を解き難き謎とする。それは彼の救ひでもなく又救ひの発見でもない。寧ろ彼が救はれてゐないことの発見である］　　　　（バルト『ロマ書』二一九頁』）

これは正に石原の宗教的現実であった。宗教的な人間は深重《じんじゆう》の罪人《つみびと》であり、不幸な人間である。彼はなぜ自分が不幸なのかがしりたい。だが答えはない。人間は神をただ待つことが出来るだけである。神の義はイエス・キリストにある神の誠実を通して顕れる。その執成《とりな》しなくしては彼はただ亡びの罪人にすぎない。

人間は常に不安定と不安にさらされており、それだからこそ神の問題について考え始めることになる。まさにその姿勢の中に神への契機があり、信実がある。躓きと苦悩の十字路《クロス》にこそ、イエスがいる。

［（略）例えばシベリアで信仰によって支えられたかとよく聞かれるんですが、そういう場面はなかったと答えるしかないんです。今ではそういう形で信仰によって救われなかったから、逆に僕にとって信仰の意味は深いと思いたいところなんです。シベリアにいるとき

果たして自分は信仰者なんだろうかと考えてとてもそうだとは思えない状態だったんですが、唯一つ洗礼を受けたという事実があるわけです。現実に洗礼を受けたわけですから、その事実が何らかの形で救いになっていただろうとは思います。ああいう時に神に祈ると気持が楽になるというようなことはほとんどなかったですね」

（渡辺石夫との対談「単独者の眼差」『海への思想』Ⅲ）

「シベリアでもクリスチャンは大分居まして、一生懸命お祈りをしている人はいたんだけど、僕にはとてもできなかった。シベリアにいた時もしここで死んだらどうなるかと考えたことがありますが、僕は四つか五つの時母親をなくしているわけです。その母親の写真なんか偶然に見てイメージがある。そうすると死んだら、おふくろの所へ行けるだろうというのが不思議に安らぎになった」

（同）

洗礼《バプテスマ》を軽く考えてはならない。洗礼は「新しいいのち」―「新しい人」への基点である。

「キリスト・イエスにあずかるバプテスマを受けたわたしたちは、彼の死にあずかるバプテスマを受けたのである。すなわち、わたしたちはその死にあずかるバプテスマによって彼と共に葬られたのである。それは、キリストが父の栄光によって、死人の中からよみがえられたように、わたしたちもまた、新たないのちにいきかえるためである」

（ローマ六―三～四）

「キリスト・イエスに会ふパプテスマを受けたる我ら」にとって、洗礼は「新しい創造の媒介であり、恩恵の仲介である」［見えざる連結の想起である」

（バルト『ロマ書』一六五、一六六、一七〇頁））。

石原が、シベリアでキリスト教が支えにならなかったということは、逆説的にいえば、常にバルト的な実存のありようをしていたということにほかならない。石原はイエスに躓いたのであろうが、そのことは瀆神ではない。

［むしろ、躓くことなしにイエスと親しみ、イエスのことを語ったり聞いたりし得るという考えこそ、瀆神である」

（大木英夫『人類の知的遺産72　バルト』講談社）

躓くということは、罪を自覚するということである。［罪の溢れるところに恩恵は氾濫す」とバルトは言う（『ロマ書』一五七頁）。安定したところからは、何も出てこないのである。（石原が、安易に神が出て来るので八木重吉の詩を好まないというのも、同じ理由による〈僕は好きだけど〉）。むしろ、逆に、無神論者のほうが真の信仰に近い、とバルトは言う。神に救いを願うという形では石原は救われなかった。それゆえに［逆に僕にとって信仰の意味は深い」というのは、不安と不信のぎりぎりのところで、己と世界を問い詰めるその姿勢の中にこそ信仰の契機があったということである。石原を支えたのは、たった一つ、洗礼を受けたという事実であった、と言うのだが、バルトの神学において、それ以上の支えはあり得ない。彼がシベリアで八年間を過ごす間、おそらく啓示や恩寵はなかったのであろう。

しかし、考えてみよう、鹿野武一の出現（石原は鹿野を義人と思ったはずである）や、石原自身の良心や意志の勁さは、知らないうちにイエスと向き合う中で生まれ、彼を支えたのではなかったか。石原は母の写真を持っていた(『現代詩読本2　石原吉郎』に載っているのがその写真だと思われる)。それは汎神論的先祖崇拝に似ているが、あるいはマリアの顕現ということかも知れない。その時、石原にそういう自覚はなかったかも知れないが。

石原は、己のシベリア体験を徹底的に問い詰めていった。このままでは石原は死ぬに死ねなかったのであろう。彼は詩とエッセイを書いたが、その統語法にもバルトの独特の語法が生きている。

しかし他の帰還者たちが、戦後の社会にとけこんでいくことについて、こう言っている。

[自分だけをかわいがっていて……。やっぱり一度は徹底的に自分を追いつめなければいけないと思うけれど、そういうところには目をつぶっている。あまりシベリア帰りのひとに会いたくない理由ですね]

(北村大郎との対話「『サンチョ・パンサの帰郷』の周辺」『海への思想』Ⅲ)

[「これからとり返すのだ」といいながら、憑かれたようにかけずりまわり出したシベリア仲間が、僕には阿呆に見えて仕方なかった。一体何をとり返す気なのだ、とり返せるとでも思っているのか。僕はたちまちその連中ともはなれてしまった]

(「こうして始まった」Ⅲ補遺)

シベリア体験を自慢話のように、武勇伝のように、笑って話す人もいたのである。「いやな話」はしないし、忘れてしまおうとしているし、「いやな話」とも思っていないような人がいる（キルケゴールの言う、①絶望して、自己をもっていることを自覚していない場合（非本来的な絶望）、②絶望して、自己自身であろうと欲しない場合、の人、ということだろう）。彼らの欲望・関心が作る世界（ユクスキュルの謂う「環世界《ウンヴェルト》」）は、石原の「環世界」とは別世界であり対象外なのであろう。むしろ、彼らから見たら石原の方が「変わった人」ということになるだろう。

戦争責任よりまずは食うことが問題だった。「適応」できない者はほろびて行くという「適者生存」の原理そのままに「生きよ、墜ちよ」と、リアリズムで、「他者を凌いで生き」、逞しく厚かましく欲望をむき出しにしていた戦後社会に、相変わらずシベリアに拘って、その正反対の倫理を生き、「他者を凌いで生き」た己の「堕落」を問い詰めるということは、やはり生半可なペシミストにはできないことである。しかし、石原は詩人であり、③絶望して自己自身であろうと欲する場合、の人間だった。石原は少年期からペシミストであった。彼の生は、そのペシミズムを徹底させ、シベリア体験を生き直すことに費やされた。石原には悩む力と勇気があった。それが石原の［位置］であり姿勢である。彼は、生活・日常の側に残しておくはずの片足をも人生の側におき、両足をペシミズムの中に浸していく。日常・社会・政治から切れようとしている。石原が告発しないというのはそういう［位置］のことなのである。

だがこの告発しないという［位置］にたどり着くまで、石原の精神の遍歴は平坦なものではない。

前にも少し触れたが、秋山駿との対談で次のように言っているのは、重要な意味を持つ。

「石原　ぼくは日記だけは帰った直後から書いてましてね。で、まあ、どうしてもこれはひとに読まれたらたいへんだというものだけは全部焼いちゃって……。

秋山　焼いちゃったんですか？

石原　ええ、それでやっと三冊だけ残っていたのを、その無難なところだけ……。まあまあ、あれはそう悪いことも書いてないからいいだろうって。あるとき、一冊だけ印刷になっちゃったんです。それで、まとめるときに、じゃあとの二冊もいっしょにまとめようかということになったんですがね。

秋山　それは、しかし、お話をうかがっていて残念なのは……残念ですね。悪いこと、それはどういう悪いことかは知らないけれど、それもあって、印刷されても……。

石原　やっぱり、うらみつらみをたくさん言っていますよね。それを全部消してしまいたいと思って……。ですから、そういう意味では、詩という表現形式が自分に対応してくれたように、ノートが自分に対応してくれたとは思いますね。ほんとうに自分のために書いてたようなものですから。まだ詩は多少は作品というかたちで書いていた面がありますけれども。

秋山　でも焼かれたのは惜しかったですね」　　　（「日常を生きる困難」『海への思想』Ⅲ）

三冊のノートというのは、「一九五六年から一九五八年までのノート」、「一九五九年から一九六二年までのノート」、「一九六三年以後のノート」(『日常への強制』所収)を指している。それ以前の、一九五三年の帰国から一九五五年までのノートを石原は焼いてしまったという。「帰ってきた直後の二三《にさん》年間ぼくはまともじゃなかったですからね。あきらかに、やっぱり病気ですよ」といっていた頃の思いを書いた、一番生々しいノートである。中身のことはもちろん知るべくもないが、「うらみつらみ」をたくさん書いていたという。それを全部消し新しくスタートするために、古いノートを焼いたと。秋山は、残念だ、惜しいことをした、と繰り返すが、石原にしてみれば、ノートを焼くことでようやく抑留と帰国後の人間関係にまつわる「うらみつらみ」＝ルサンチマン＝被害者意識＝残念を断ち切ることができた。そしてそこから、告発しないという「位置」を確立することができると考えた。つまり、「告発しない」ということは、残念を「断念」することである。詩として屹立することである。

　とはいえ、石原が「過去にこだわり」、シベリアの「日のあけくれがじかに不条理な」状況での「お互いの行動をはっきりおぼえて」おり、「人間として失ったもの」を、そこに「うずくまったまま」(固執し)、何度も何度も繰り返しそのことを考えるということは、要するに、反復感情(ルサンチマン)ということである。そのぎりぎりのあわいを、「断念」の側に引き寄せるため、石原は〈新しい人間〉になろうとした。

「〈新しい人間〉ということ。私が、新しい人間にならなければならないということ。私の内側で、〈何か〉が新しくならなければだめだということ。そういうことが信じられると否とにかかわらず、そういう奇蹟が起らないかぎり、一切は無意味だということ。こうして私は新たな虚妄へ向って出発するのだ。賭けるべき何が私にあるのか。総じて「賭ける」とは、まことはどのような行為であるのか。そうしてそのような時、私と詩との距離はさらにさらに近づくであろうか」（「ノート」一九五六年七月二一日『日常への強制』Ⅱ）〈新しい人間〉に生まれ変わらなければならない。〈新しい人間〉の［位置］を獲得しなければならない。

これが石原の目下のテーマである。このために、石原は古いノートを焼き、「うらみつらみ」を断ち（断念し）、そして新しい自己に賭けた。〈新しい人間〉というのは、おそらく、バルトの『ロマ書』に言う「新しき人」から来ている言葉である。イエスの迫害者サウロが使徒パウロになっていったこと、〈新しい人間〉になったこと、また、アダム的堕落の罪人からイエス的恩恵の賜物へと、言い換えると旧い人から新しき人になって行くことを指している。

石原は［私は告発しない。ただ自分の〈位置〉に立つ］と言う。フランクルがアウシュヴィッツの状況と人間を深くとらえ、語りえたのは、彼に告発という姿勢がなかったからである、と言う。被害者意識で告発するとどうしても事実を見る眼がくもる。それはフランクルの［……ここに示された主観的体験の抄録から客観的な理論を結晶させることを、安んじて他の人々に委ねようと思う］というような記述を踏まえてのことであろう。

アウシュヴィッツを告発できるのは、アウシュヴィッツの死者である、と石原は言う。前述のように、広島を告発できるのは広島の目撃者である、自分は広島の目撃者ではないから「広島について、どのような発言をする意志ももたない」「人間は情報で告発すべきではない」と言う。死者に代わって告発するという発想を、不遜であると言う（「三つの集約」『海を流れる河』）。それは正論であろうが、俗に死人に口なしということはある。誰も何も言えなくなる。因みに、も一度言うが、丸木位里は、「爆心地の話をつたえてくれる人は誰もいません」（『ピカドン』）と書いている。

石原は、広島を数において告発する人を批判して、アイヒマンが「百人の死は悲劇だが、百万人の死は統計だ」と言った言葉を並べている。一人の死を置き去りにするな、と言う。石原は告発はしない、ただ見たものは見たと言う（「事実」）。これが石原の［位置］である。この新しい［位置］の発明こそ、〈新しい人間〉の［位置］であろう。その［位置］で立ち続けることが問題を凝縮する。一人の受難と責任を深く見つめることで、単独者として自立できる。それこそが告発ということになったとしても、それは仕方ない、と再三にわたり言う。秋山駿との対談からも一度引用する。

［石原〈略〉ただ、最小限、沈黙はできないところで、（注・証言でなく）自己を表現するということをやってるにすぎないと思うんですが……。

秋山　自己を表現する、ですか。

石原　ええ、客観的にみれば、それが証言になる、と。ただ、ぼくは、証言になるためには告発がともなわないと、そういう証言というのはなり立ちにくいと思うんですね。ものをはっきりみるためには、告発をおさえるか捨てるかしないといけないと考えてるわけです。したがって、その結果、ぼくがなにか言うにしても、それはけっして証言ではないと信じてるわけなんです。ぼくは告発はしないつもりですから。

秋山　しかし、もしひとが語らなければ足もとの石でさえ言葉を発するという……。

石原　人間は結局告発しないといっても、その人間が存在していること自体が告発であるという場合があるわけですね。それはもうしかたがないわけですね、ただ、告発という場合には政治に直結していくわけですね、ぼくは政治というものがほとんど信じられなくなってきていますので、そういう面からも、ぼくはやっぱり告発というものから離れなければならないと思うんです。それは帰ってきた直後の状態を思い出してみても告発の姿勢なんかでは生きてはいけなかったと思いますね」

（「日常を生きる困難」Ⅱ）

石原は別の場所では、こう言っている。

「告発しないということは、その人が地上に存在している限りは、その存在自体が一つの告発の形であると言わざるをえないであろうと思いますが、それはもう仕方のないことです」

（「随想　告発について」Ⅱ）

石原が告発しないというのは、告発とは集団化・政治化のことであり、政治というものをほとんど信じていないからである（菅季治が「政治性は、権謀術策、かけひき、妥協、宣伝（誇大化、一面化、歪曲、虚構の要素を含む）etc. につきまとわれている」と言っていたように）。また問題が拡散してしまうからである（「随想・告発について」）。単独者として告発はしない、ただ「見たものは見たといえ」（「事実」）と言うのである。この見たものは見たといえ、という姿勢は、「事実を事実としてのべる」ということに命を賭けた菅季治の姿勢からも学んだことでもあろう。

吉本隆明は鮎川信夫との対談で、「石原さんは国家とか社会とか、共同のものに対する防備が何もない」、そこが不思議だしもの足りない（「石原吉郎の死」一九七八、『現代詩文庫120 続石原吉郎詩集』思潮社、一九九四）と言って批判しているが、石原は、述べてきたように、シベリア体験で反スターリンを体感したことであっただろうが、そのように政治化することをあらかじめ拒んでいたわけだし、集団や政治を信じられなくなっていたから、告発せず、文学という自分の「位置」に立ち、いや、うずくまり、単独者として生きることを決めていた。石原は専ら聖書に拠り、教会という集団からさえ遠ざかろうとした。しかし彼の書いたものを読めば、自ずと告発の性質を帯びてくるのは、彼の志望に反するかもしれないが、如何ともしがたいことである。秋山も言うように、「もしこの人たちが黙れば、石が叫ぶであろう」（ルカ一九-四〇）。

鮎川信夫は、石原の告発しないという姿勢は、「「告発せず」という形をとった告発だ、ふつうの告発よりは一段上の告発であるととるわけです」(「断念の思想と往還の思想」『断念の海から』Ⅲ』)と述べている。同感。異議なし。「事実」を述べれば(事実とは何かという問題はあるが)、その解釈として「告発」という状況を惹起する。ただ石原の意識では、先ず告発しないという[位置]からの発言である。

[告発することを自らに禁じた者が、なおその位置で立ちつづけようとするとき、はじめてその〈告発〉に真剣な表現と内容が与えられるのだと私は考えます。/それは沈黙した怒りであるよりも、むしろ深淵のような悲しみであると思いますが、このような悲しみこそ信ずるに値するものであると私は考えます」「沈黙するための言葉」Ⅱ)

彼が単独で掘り進んだその深き淵からの、怒りというより[深淵のような悲しみ」こそは石原の詩の核心であり、詰まり信仰であった。「深淵」の由来は、もちろん、[主よ、わたしは深い淵からあなたを呼ばわる。/主よ、どうか、わが声を聞き、/あなたの耳をわが願の声に傾けてください」(「詩編一三〇」『旧約聖書』)である。

石原が鹿野について、[加害と被害という集団的発想からはっきりと自己を隔絶することで、ペシミストとしての明晰さと精神的自立を獲得した」と言ったことは、石原自身にもそのまま当てはまるのである。石原は鹿野に自身の似姿を見たのである。彼は、既にシベリアで、[脱人間的な環境を通過することによって、鹿野が先取りしたペシミズムに到達」していたからである。石原も、真に勇気あるペシミストであった。(ここにペシミズムというのは石原の用語であり、僕自身の用語では、これはマゾヒズムに相当すると思われる。彼は徹底的に過去に拘っている訳だが、底には「人間はもっと美しいはずだ」という理想主義が脈打っているからである。）

七、石原吉郎の帰郷

シベリアのラーゲリの中で、石原は海が見たい、と切実に彼岸を想った。

［海が見たい、と私は切実に思った。私には、わたるべき海があった。そして、その海の最初の渚と私を、三千キロにわたる草原《ステップ》と凍土《ツンドラ》がへだてていた。望郷の想いをその渚へ、私は限らざるをえなかった。空ともいえ、風ともいえるものは、そこで絶句するであろう。想念がたどりうるのは、かろうじてその際までであった。海をわたるには、なによりも海を見なければならなかったのである］

（「望郷と海」『望郷と海』Ⅱ）

石原の抑留は［海を水滴の集合から石のような物質へ変貌］させた。

それから幾年、ナホトカで半年間、いつ来るとも知れない船を待ちわびる息苦しさの中で、帰国を待たされていた。その期間というのは、［生涯で最も期待に満ちた時期であった］

（「海への思想」『断念の海から』Ⅱ）

一九五三年一一月三〇日、ふって沸いたように、「荷物を持て《ス・ベシチャーミ》」という命令が出た。ナホトカ港に迎えに来た興安丸に乗り込み、看護婦たちの花のような一団に、ご苦労様でしたという予想もしない言葉をかきわけて、船内をひたすらにかけおりた。もっと奥へ、もっと下へ。いちばん深い船室へたどりついたと思ったとき、石原は荷物を投げ出して、たたみの上に大の字にたおれこんだ。船が埠頭をはなれるまで、誰ひとり甲板へ出ようとしなかった。畳の上に、呆然とすわったまま、夜を明かした。一二月一日、船が埠頭をはなれると、かろうじて安堵した石原（たち）は甲板に出た。

［一九五三年十二月一日、私は海へ出た。海を見ることが、ひとつの渇仰である時期はすでに終わりつつあった。湾と外洋をへだてるさいごの岬を船がまわったとき、私たちの視線はいっせいに外洋へ、南へ転じた。舷側をおもくなぞる波浪からそれは、性急に水平線へ向った。これが海だ。私はなんども自分にいい聞かせた。

海。この虚脱。船が外洋に出るや、私は海を喪失していた。まして陸も。これがあの海だろうかという失望とともに、ロシアの大地へ置き去るしかなかったものの、とりもどすすべのない重さを、そのときふたたび私は実感した。その重さを名づけるすべを私は知らないが、しいて名づけるなら、それは深い疲労であった。喪失に先立って、いやおうなしにわたしをおそう肉体の感覚を、このときふたたび経験した。海は私のまえに、無限の水のあつまりとしてあった。私は失望した。この時私は海さえも失ったのである」

（「望郷と海」Ⅱ）

またこうも言っている。

「日本海《ヤポンスコエ・モーレ》は不安の海でした。不安があるということは、その先に大きすぎる期待があったからだと思います。その期待自体が幻想であり、ありえないわけですから、すべて計算違いでした。自分が流され帰っていく方角に、厳として海があることを確かめた時、海がなくなってしまったようなかんじでした。これでおしまいだと思いました。ですから船に乗った時、がっかりしました。あれほどの、思慕にも近い海への感情が、船が海に出た途端に、本当に嘘のようでした。それに海を見ることがとても空虚でした」

（「二つの海」『一期一会の海』Ⅱ）

「先に未来があって、うしろに過去があるというようなものだけではないのです。その時間は幾層にも重なっていて、シベリアからずっと流れている時間もあれば、舞鶴に着けば待ち受けている時間もある。それらが大きな時間の落差になっていて、どこかに重大な食い違いがあり、別種の時間に放り出されるような不安がありました。いわば一種の真空状態です。むしろ船が日本に着くほうが不安でした。（略）」　（同）

石原は「かつて祈りのように／郷愁が目指した」（詩「シベリヤのけもの」「いちまいの上衣のうた」『石原吉郎詩集』Ⅰ）。海へ出たが、たちまちにして幻滅した。海は「ただの無限の水の集まり」へと変質していた。海を見ることは空虚であった。

シベリア―ナホトカ―日本海―舞鶴―故郷という段階を経て帰郷が成就することは常識的な理解であろうが、石原は「外洋に出るや否や私は海を喪失していた」と言う。砂漠のような茫洋とした海に失望し、「私は海さえも失ったのである」と言う。この辺の感情は分かりにくいところである。何があるはずと思っていたのか。石原は、

「日本という国を私は、ほとんどひとつの風景、ひとつの抽象としてえがきつづけてきたのである。というより、私自身がすでにひとつの風景であり、抽象であった。その風景のなかに人間がおり、なまぐさい生活があるということを、私はほとんど忘れていた」

（「海への思想」『断念の海から』Ⅱ）

と書き、生活への不安がその原因であったと言う。

この説明に僕は必ずしも納得できる訳ではない。石原の想念の中ではもっと詩的な何かがその喪失の核心にあると思えるのだが、この時点では生活の不安が大きかったということか。石原は海を渡ることの方が不安であった。収容所での生活は他律的なもので、自立した生活はできなかった。帰国後に始まる自前の生活を思うと、石原は、シベリアからずっと流れている時間から、舞鶴に着けば待ち受けている時間に、「つきとばされた」ように感じた。石原は「どこかに重大なくいちがいがある」と不安に思いながら、石原は船の甲板で疲れつづけていた（同）。

そして、「人間は、不安になることで初めて生き生きといろんなものに目覚めてくる。安定し

たところからは何も出てこない」(「「望郷と海」について」)という意識が、芽生えてくるには、もう少し時間が必要であった。帰国というのは、シベリアに比べたら［安定］ではあったろう。帰国後、一旦東京の弟の家に落ち着いた後、翌一九五四年一月、石原は静養のため故郷へ戻る。そして［かつて祈りのように／郷愁が目指した］悲願の郷里伊豆の土肥に帰郷した時、［とにかく、私は伊豆に着くや否やいきなり絶望しました］(「肉親へあてた手紙」『日常への強制』Ⅱと書いている。二度絶望した、と。

石原は、一九五九年一〇月に「肉親へあてた手紙」を書いている。弟健二宛になっているが、直接弟を批判している訳ではなく、事情を説明したのだと思われる。一言で言って、そこにあるのは日常の論理と、「シベリア（帰り）の日常」の論理との落差である。

石原がまだ何も話さないうちに、親族のN氏が居ずまいを正して言った。

［1　私（石原）が〈赤〉でないことをまずはっきりさせてほしい。もし〈赤〉である場合はこの先おつきあいをするわけには行かない。

2　現在父も母もいない私のために〈親代り〉になってもよい。ただし物質的な親代りはできない。〈精神的〉な親代りにはなる。

3　祖先の供養は当然しなければいけない］

石原の言い分はこうである。

［私は、自分のただ一つの故郷で、劈頭告げられたこれらの言葉に対しその無礼と無理解と

を憤る前に、絶望しました。そうでなくても、ひどく他人の言葉に敏感になっており、傷つきやすくなっていた私の気持ちはこれですっかり暗いものになってしまいました」（同）

1について。シベリア帰りは「赤」という風潮があった。前述のように、一九五〇年、「徳田要請問題」が起き、四月六日、菅季治が自殺した。六月二五日、朝鮮戦争が始まる。その流れの中で、七月から企業のレッドパージが始まっていた。石原は、日本の戦争責任を、「誰かが背負わなければならない責任と義務を、まがりなりにも自分のなまの躰で果たして来た」という一抹の誇りのようなものをもっていた。「肉体が担った苦痛だけが責任の名に価する。責任を負うとは、体刑を負うことだ」（「メモ」一九七二年四月九日、『海を流れる河』Ⅱ）と考えていた。そうしてはるばる帰郷してきたつもりなのに、端から親族に「赤」ではないかと疑われた。石原は「赤」ではないが、そういう言い方をされること自体、心外であった。社会的には遠まわしの迫害を受けてきた。具体的には、「ほとんどの人が「シベリア帰り」というただひとつの条件だけで、いっせいにあらゆる職場から締め出され」た（「肉親へあてた手紙」Ⅱ）。

2について。物質的な親代りは物や金がかかるので、できない、精神的な親代りには（金がかからないので）なるというが、それなら私の方が、まだまし、と傲慢を自覚しながら言う。

3について。祖先の供養は逃れ得ない責任であると押しつけてくることに反感を持ってしまった。石原はキリスト教徒であるが、仏教式の供養を求められたのであろう。

もはや静養どころではなかった。故郷に戻るや、石原は故郷を喪失していた。これがあの故郷だろうかという失望とともに。ここでも石原は疲労と幻滅を感じただろう。このとき、石原は海と同じように、故郷さえも失ったのである。そして先祖や父母の眠る菩提寺清雲寺の墓地を何日も徘徊し、帰郷の予定を早く切り上げ、一〇日ほどで帰京している。そして二度と故郷を訪れることはなかった。やはり「故郷は遠くから想ふべき処で、帰るべき処ぢゃない」（石川啄木「我等の一団と彼」）のであろう。

確かに家族の側も、「徳田要請」問題を知っていただろうが、いきなりそんなことを言うのはまずい。常識的にできるだけの事をしようとはしたのかも知れないが、石原にしてみれば、血族から拒絶にあったに等しい。しかし石原はまるで浦島太郎の帰郷に似て、シベリアのペシミズムでこれに当たろうとしている。次元がちがうのである。

「私たちはおそらく、親子であっても、夫婦であっても、兄弟であっても、そのままのかたちでは直接につながりえない不幸な断絶を持っており、私たちの人間関係をささえているかに見えるものが実は深い虚無であるということを、否応なしに認めさせられるように思うのです。しかし、このような深い虚無を真正面から見すえることが人間が生きることの意味であり、このような真剣ないみでの実存的な課題から目をそむけて、儀式と血統によりたのむということは不幸な逸脱、意味からの重大な逸脱であると考えないわけには行きません。／私は、人間はどんな場合にも、人間としてのみかかわりあうべきものだと考えます。そのばあい私たちを結びつける真実の紐帯となるものは、その相互間の安易な直接的な理解ではなく、それぞれの深い孤独をおたがいに尊重しあうことであると考えます。そのような場合にのみ、私たちは人間として全く切りはなされた状態でありながら、しかもその全体の上に深い連帯が存在しうると考えることができます。いずれにしてもそのような連帯は、墳墓と儀式、慣習と血族意識とを核にして成立する連帯とは全く別のものでなくてはなりません。(略)血族というものを前提とする一切の形式を避けて生きて行きたいと思います」

(石原「肉親へあてた手紙」Ⅱ)

血族と墳墓、うき世の義理が連帯の核である村で、個と孤独(単独)を核とする連帯を言っても、受け入れられることは難しい。石原と村のレベルが違いすぎる。この「人間としての」石原の見解は「いきなりの絶望」があり、深い思索の固まってきたものであるが、うき世の義理と村の仕来りを生きる血族の側からすればあまりに哲学的、文学的と言えないだろうか。こんな難しいことをいわれては親族の側も取り付く島がないではないか。日本の村社会に生きる、現実的で常識的な一般人から見れば、これは敬して遠ざけるにしくはないと思うのも仕方ない。石原には生きるという視点はあっても、生活するという視点は稀薄である。この手紙はいわば常識人へのペシミストからの絶縁状である。彼は最初に家族・親族という集団から切れようとしている。

しかし石原にしてみれば、これを言わせたのはシベリア体験である。誇大妄想に駆られた

「大日本帝国」というドン・キホーテの尻馬に乗せられ、驢馬に乗って付き従ったサンチョ・パンサ石原は、シベリアの極限で、身を以って責任を果たし、帰郷してきた、はずだった。しかるにサンチョ・パンサ石原は、このような拒絶にあい、絶望と孤独を味わわされる結果となった。出征の時には小旗を振って、勝って来いよと送り出したのではなかったか。

ここで「サンチョ・パンサの帰郷」を解読することにする。

［安堵の灯を無数につみかさねて／夜が故郷をむかえる／
みよ　すべての戸口にあらわれて／声をのむすべての寡婦／／
驢馬よ　権威を地におろせ／おとこよ／その毛皮に時刻を書きしるせ／
私の権威は狂気の距離へ没し／なんじの権威は／安堵の故郷へ漂着する／
驢馬よ　とおく／怠惰の未明へ蹄をかえせ／／
やがて私は声もなく／石女《うまずめ》たちの庭へむかえられ／
おなじく　声もなく／一本の植物と化して／
領土の壊滅のうえへ／たしかな影をおくであろう／／
驢馬よ　いまよりのち／つつましく怠惰の主権を／回復するものよ／
もはや　なんじの主人の安堵の夜へ／
何ものものこしてはならぬ／何ものものこしてはならぬ」（「サンチョ・パンサの帰郷」全行　『文章倶楽部』一九五五年四月、『サンチョ・パンサの帰郷』一九六三、Ⅰ）

メタファーにあふれて極めて難解な詩であるが、なんとかこじ開けていこう。「寡婦」や「石女」というのは聖書の語彙が出てきたのだという。聖書に言う、イエスのイスラエル入城のシーンだという解釈もある。ところが、石原は、ある夜、「街のネオンサインなんか見ていたら」、つまり街のイルミネーションの紅い灯青い灯を見ていたら（石原はそういう所に出入りしたことがある）、そんな「イメージが出てきた」と言っているが、それらはそれらとしておこう。ずっと後になってやはりシベリアのイメージと結びついてきたと言う（鮎川との対談「生の体験と詩の体験」Ⅲ）。

「驢馬」（名前はまだない）はもちろんサンチョ・パンサの乗り物であり、彼は、大日本帝国＝ドン・キホーテ（その乗り物の馬の名がロシナンテ（痩せ馬））に付き従った従者である。そもそもセルバンテス（一五四七〜一六一六）は、主人公ドン・キホーテを批判して『ドン・キホーテ』（前編一六〇五年、後編一六一五年）を書いているのである。アルホンソ・キハーノという郷士が中世の騎士道物語にいかれ、狂気の騎士ドン・キホーテ・デ・ラ・マンチャ、またの名を憂い顔の騎士、と名乗り、サンチョ・パンサを従者に従え、アルドンサ・ロレンソという田舎娘を思い姫ドュルシネアに仕立て上げ、武勲を捧げようとして遍歴を続ける。風車を魔物と妄想して突っかかって行く主人を、サンチョ・パンサは冷静に嗜め、ドゥルシネアも相手にしないのである。最後はドン・キホーテも愚かな悪夢・妄想から醒め、数々の遍歴物語は夢幻のごとく消え去ってしまう。

ところが、映画『ラ・マンチャの男』などは、ドン・キホーテをロマンチックに英雄視して描くから、誤解が生じる。いや、テーマソング「見果てぬ《イムポッシブル》夢《ドリーム》」では、不可能な夢を夢見ること、打ち倒せない敵と戦うこと、耐えられない悲しみに耐えること、達し得ない星に達すること、これが私の遍歴《クエスト》云々という、艱難辛苦をものともせずたたかう雄々しさを讃える解釈になっている。それはもちろんありうる解釈であるし、その良い意味のほうが今では一般的になって、新しい価値（観）を拓こうとする先駆者として、ドン・キホーテの名を高からしめている訳だけれど。

石原の詩では前者の解釈に沿っていく行く。「驢馬よ、権威を地におろせ」というのは、驢馬＝サンチョ・パンサに、ドン・キホーテ＝大日本帝国の誇大妄想的権威を地に落とせ、ということであろう。

「私の権威は狂気の距離へ没し／なんじの権威は／安堵の故郷へ漂着する」という詩行の、「私の権威」の「私」は石原で、「権威」は「私」に出征を命じた大日本帝国である。ドン・キホーテがついに正気を取り戻したように、多大な犠牲を払い、大日本帝国は敗戦し「権威は狂気の距離に没」し去るのである。そこで「なんじの権威」の「なんじ」というのは、後に、「驢馬よ……なんじの」というフレーズがあるから、名の無い「驢馬」ということでいいのではないか。「驢馬」の権威とは乗り主のサンチョ・パンサ石原であり、彼は「安堵の故郷へ漂着する」ことができるわけである。そして、やがて「領土の壊滅のうえへ／たしかな影をおくであろう」というのは、つまり、大日本帝国が崩壊・壊滅した後、「一本の植物と化して」たしかな影をおき、根をはり、生き直して行くことになるということだろう。

「驢馬よ　いまよりのち／つつましく怠惰の主権を／回復するものよ」というフレーズは、もはやこき使われなくてもいい「怠惰」する権利を回復した「驢馬」であり、「驢馬」はもはや、「なんじ（驢馬）の主人（サンチョ・パンサ）の安堵の夜へ／何ものものこしてはならぬ」。つまり大日本帝国の狂気の影を何ものこしてはならない。「何ものものこしてはならぬ」と二度繰り返すのは、帰郷（帰国）したサンチョ・パンサ石原の再出発にさいして、戦争を始めさせた「狂気の影」は否定しつくさねばならない、ということだろう。

然るに、帰郷（帰国）して来たものの、けっして「安堵」できるような状態ではなかった。故郷には絶望したし、石原には、日本の状況は現実主義のダラけたものに見えたであろう。大日本帝国は壊滅していなかったし、戦争（冷戦）の影は又しても世界を覆っていた。米ソは大気圏内核実験を繰り返し、水爆実験も始め、英仏も核実験を始めた。国内では、実際「生きよ、墜ちよ」という言葉が巷を席巻し生き馬の目をぬく活気に溢れていた時代である。しかしその堕落と、石原の言う「堕落」は、本質的に別のものであるだろう。彼の言う「堕落」とは、やはりシベリア抑留の中で、極限状況に「適応」して生きたことを言っている。そしてそののち戦後社会に「適応」して生きることは、二度「堕落」することのように石原には思えた。

常識人と決別した石原の民衆像をみてみる。いわば、理想と現実である。石原は前述のように、シベリア帰りの人たちとも付き合おうとしなかった。

［私が理想とする世界とは、すべての人が苦行者のように、重い憂愁と忍苦の表情を浮かべている世界である。それ以外の世界は、私にはゆるすことのできないものである］

（「ノート」一九五七年二月五日、I）

［……実際、今でも私が最も嫌いなタイプ、はき気がするほどいやなタイプは、しょっちゅう自分に満足しきって、自分自身を疑ってみることもないようなタイプの人間である。こんな人間の前にいると、思い切って彼を侮辱してやりたい気持になる］

（「ノート」一九五七年一〇月一一日、I）

［その人たちは誰を支配しようとも思わず、また支配する必要もなかったであろう。その人たちは、このようなすさまじい流れの中で、ただ切なく愛しあい、むつみあって行くほかには、なにもできないし、なにもしなかった人たちにちがいない。世界のほんとうの内容をかたちづくっているのはこのような人たちだ。そうして、未来はこのような人たちにだけ属し、革命はこの人たちのために行われるのである］

（「ノート」一九五九年六月一五日、I）

人間にはいろいろなタイプが現にあるけれど、自分に満足しきって、世の中を厚かましく、要領よく成り上って行くタイプがいる。彼等は石原の「最も嫌いなタイプ」である。倫理より欲望、戦争責任より政治経済、まず食うことを考えた人の方がはるかに多かった。戦後の社会というものは、何度も言うけど朝鮮戦争（一九五〇年六月二五日～一九五三年七月二七日、休戦協定）を踏み台にして、兵站基地として経済復興し、生き馬の目を抜くようなエネルギーに溢れた、欲望全開の時代でもある。休戦後不景気になっても、それはそれで凌ぎを削る世情であった。「生きよ、墜ちよ」という現世的な論理は、石原の倫理とは、ついに交わらない。

例えば岸信介（一八九六～一九八七）という人物は権力志向の権化で、一九三六年、満州国実業部次長となってのし上り、一九四一年、東条内閣で商工大臣に就任、四二年衆議院議員、四五年にはA級戦犯として逮捕されたが、四八年には釈放され、今度は親米派となって政界復帰し、うまく立ち回った。五三年、自由党から衆議院議員に復帰、五六年、自民党総裁選挙で石橋湛山に敗れたが外相に就任、石橋首相の病気退任で、五七年、首相に上り詰め、警職法や日米安保条約問題などを引き起こした（『ブリタニカ国際大百科事典』）。石原の生き方とは対極的である。互に問題外の人間であるだろう。しかし現実のさばるのはこういう男の方である

石原が理想とする「苦行者のように重い憂愁と忍苦の表情を浮かべた」人々の世界とは、倫理的な人々の世界ということであろう。そういう人は極めて稀である。たいていの人はパンとサーカスがあれば生きて行ける。そして革命は、「誰を支配しようとも思わず」、「すさまじい流れの中で、ただ切なく愛しあい、むつみあって行くほかには、なにもできないし、なにもしなかった人たち」、つまり支配される側の民衆のために行われる、と言うけれど、この民衆自身は革命しないのだろうか。彼らが「しょっちゅう自分に満足しきって、自分自身を疑ってみるこ

ともないようなタイプの人間」ということはないだろうか。「民」という漢字の成り立ちは片目をつぶされた奴隷ということである（『漢語林』）。この人たちに自意識を。しかし、革命の後、「いちはやくのしあがってくる奴は昨日と同じ奴らであること」を、石原は十分知っていた。

「日本がもしコンミュニストの国になったら（それは当然ありうることだ）、僕はもはや決して詩を書かず、遠い田舎の町工場の労働者となって、言葉すくなに鉄を打とう。働くことの好きなしゃべることの嫌いな人間として、火を入れ、鉄を灼き、黙って死んで行こう。社会主義から漸次に共産主義へ移行して行く町で、そのようにして生きている人びとを、ながい時間かけて見つづけてきたものは、僕よりほかにいないはずだ」

（「ノート」一九六〇年八月七日、I）

この文は二様に解釈できる。日本がコンミュニストの国になったら（六〇年安保闘争には敗れたとはいえ、それは当然ありうることだ）、①これを歓迎し受け入れて、田舎の町工場で真面目に働きながら一市民として生きていこう、というものと、②コンミュニズムには組しないが、革命に逆らわず、もう田舎に逼塞し、政治と関わらず、告発せず、詩も書かず、一人おとなしくしていよう、というものと。しかし、社会主義が共産主義に移行するものだろうか。

内村剛介（本名内藤操。一九二〇年栃木県生まれ〜二〇〇九）は、父川野辺卯之吉、母キミノの次男。一四歳で父の姉サキと内藤松之丞（満鉄勤務）の養子となり満州に渡る。二〇歳で哈爾濱《ハルピン》学院に入学、ロシア語を学ぶ。一九四三年、新京（現・長春）の関東軍総司令部参謀部の民情班に勤務。四五年七月、長崎はま子と結婚。戦後ソ連に抑留され、一九四八年某日、廊下へ呼び出され、「特別会議」の名で、「ロシア共和国刑法第五八条第六項及び同第四項に基づき、二五年の禁固刑、五年の市民権剥奪と五年の流刑」を言い渡された。イルクーツク北西約一〇〇〇キロ、バイカル湖の西、のアレクサンドロフスキー監獄のチュリマ（禁錮監獄）の独房で過し、都合一一年間の抑留の後、一九五六年一二月二六日、最後の帰還船で帰国し、一九六七年に『生き急ぐ』（三省堂新書）を書いた（陶山幾朗作成「年譜」『生き急ぐ』講談社文芸文庫、二〇〇一）。

内村は『生き急ぐ』を、タイチ・タドコロ（一九二四年生まれ、家業は農業、ステータスは貧農）を主人公にして書いている。が次の独房暮しの一節は内村の感慨とみなして差し支えないと思う。

［時間のない暮し。いや、一九四七年以来「夏」「冬」の区別以外の暦を知らぬのだから、時間などもはやどうでもよい。「夏」「冬」という季節と、「夜」「昼」という刻限があるだけの暮し。時間はない。／二十五年の禁固刑の通知がモスクワから来たのというので未決房から呼び出されていったのだった。あれから「ナツ・フユ」を幾つ数えたろうか。新入りが「時間」を携えてやってきてラーゲリの暦を語ったこともある。だが、その「時間」は初めと終わりを持ち小ぢんまりと整っていて、ここの闇に生まれ闇に消える時間とはまったくちがう。ここには時間はない。ここにいる者が痴鈍になってしまったから時間もうし

なわれたのか。新聞もなく、ラジオもなく、新入りもほとんどないとなれば、そして行く日も来る日も同じ量の水、同じ量同じ色の魚の切れ端し、同じ量のスープ、同じベッド、同じ日課――といったことになれば、五感がしびれ、わずかに昼夜を弁別するだけのことになるのは当然だとも言える。いっこうにわけのわからぬことからここに来て、またいっこうにわけのわからぬときにここを去る。あるのはこのわけのわからぬ闇だけであって、時間はこの闇に包みこまれてたゆたっている。一日は一年に等しく、その一年は十年に、二十五年は刑期に等しい。つまり二十五年は一日に等しい」

（『生き急ぐ』講談社学芸文庫、一二四頁）

内村は、労働作業はあってもその後は自由で、友達もできるし（「敵」もできるのだけど）、映画も見られるから、ラーゲリの方が楽だと言っていたのだったが、チュリマに送られ、独房暮しを強いられたのだった。「よく気が狂わなかったものだと思う」と石原は言う（「日常を生きる困難」『海への思想』Ⅱ）。内村はそういう体験の持ち主であり、ソ連の体制への批判は強烈なものがある。

それで内村は石原の前記の「ノート、一九六〇年八月七日」を、①の方だと解釈し、「「社会主義が共産主義へ移行」する？　ばかばかしくてはなしにもならぬとわたしなぞは思う。社会主義が帝国主義へ向う国とどうしていえぬのだ」と批判している。他にも、ロシアのアクメイズムの詩人オシップ・マンデリシタムと重ね合わせ、と言うより、比較して、「石原には逃亡の自由があり、マンデリシタムには対決の自由があった」と述べている。（マンデリシタムは一八九一～一九三八。ウラジオのラーゲリで死んだと伝えられる、「不世出の現代詩人」。「ロシヤ・コムニズムにかつて加担した者はすべて例外なくマンデリシタムの死に責任がある」、と内村は言う。野村喜和夫によると、詩の行為というのは「投壜通信」のようなものだと言った人だそうだが、それは言えてる。）

さらに内村は石原について次のように書く。「〈シベリア体験〉を体験しなおすのが石原における失語の回復である。これは二〇世紀ラーゲリ奴隷をまともに見る視点をついに欠いているということである。「この世」の石原にとって二〇世紀ラーゲリ奴隷はいわば「あの世」なのであり、キミはハッピイ・ジャパニーズと共にある。これこそまさに現代のわれらにとってもっとも痛切なものというべきではないか。「姿勢」も「断念」も「位置」も君の「自由」がふやけている限り定まりようはなかったのである」、と述べている。（内村『失語と断念』一九七九年、五〇、七一、二〇一頁。同書は石原の没後、一九七七年一二月から一九七九年三月に書かれ、『現代詩手帖』に連載されたが、最初の二編は札幌で書かれ、後の一〇編は東京で書かれている。北大から上智大への転勤・引越しがあり、途中三月、四月分を休載している、と見た）。

内村は、石原は甘いと言うのである。これは前述した吉本隆明の批判に通じるものがある。内村はスターリンを告発する政治性を持っていた。「告発」しないと言う石原が「逃亡」していると見えたのだろう。文学と政治、詩と政治というように並べて語られることが多いが、石原には政治性は無く、文学的である。詩人であり、単独者であり、性格はペシミストであり、アナーキストでもあった。内村とは立ち位置が違っている。「ハッピイ・ジャパニーズ」と言うのは言い過ぎであり、的外れと言わざるを得ない。

しかし、自由主義であれ社会主義であれ、右であれ左であれ、問題は権力なのだ。権力に逆らう者を、右は左を、左は右を弾圧し、収容所に送り、拷問するというありようなのだ。世界はオレの思い通りのものだ、オレの言うとおりにしろという強要・強制は、そこでも（どこでも）「もしあなたが人間であるなら、私は人間ではない。もし私が人間であるなら、あなたは人間ではない（傍点原文）」という状況を生み出す、と僕などは思う。

僕は石原が書いた前記の文の趣旨は②の方だと思う。無論「しょっちゅう自分に満足しきって、自分自身を疑ってみることもない」ようなありようではなく。それは、次の一節を見ても分かる。

「革命。おおこのなんたるおせっかい」（「メモ」一九七二年六月七日、『海を流れる河』Ⅱ）

革命が権力を振り回し元の木阿弥になることを石原はよく知っていた。政治や集団を信じていない。それを社会性がないとか、対決の自由がないとか言われても、非政治的な人間は困惑する。

「政治には非常に関心がありますけれど、それははっきりした反政治的な姿勢からです。人間が告発する場合には、政治の場でしか告発できないと考えるから、告発を拒否するわけです。それともう一つ、集団を信じないという立場があります。集団にはつねに告発があるが、単独な人間には告発はありえないと私は考えます。人間は告発することによって、自分の立場を最終的に救うことはできないというのが私の一貫した考え方です。人間が単独者として真剣に自立するためには告発しないという決意をもたなければならないと私は思っています」

（石原「沈黙するための言葉」『日常への強制』Ⅱ）

石原は告発しないという姿勢・立場を確定し、そこから単独者として事実を述べる、これが石原の非政治的［位置］である。徹底して個の立場で書いている。アナーキストと言ってもいい。

石原の孤独というか単独は極まった。こうして石原は自分のいるべき「位置」を確定する。石原は、

［日常の会話の次元ではだんだん沈黙して行く。失った部分を詩でとり返す］

［最終的に沈黙することはできないというぎりぎりの所で私は詩を書いてきたと思うし、これからも書いていくしかない。読者とはおそろしく単独な場所でつながっているとしか考えられません」（「沈黙するための言葉」Ⅱ）

と言う。彼は気楽に世間話が出来るタイプではなかったし、現実世界は、彼が理想とする［苦行者のように重い憂愁と忍苦の表情を浮かべた」人々の世界とは乖離していた。さらには、［私自身の内部には、暗い空洞のようなものがあって、時おり古井戸の底をのぞきこむよう

な気味悪さを感じないでは生きて行けないという事実は、病的心理なぞをはるかに超えた問題なのだ」(「ノート」一九五七年四月一日、Ⅱ)

「わが寂寥を見さだめること。たどりついた主題はこれである」(「メモ」一九七二年九月一二日、Ⅱ)

と書いている。「暗い空洞」とは、前記の「深淵のような悲しみ」と同じ意味であり、一言で言えば、「寂寥」である。それは恐らく、彼の生涯を通してその最深部に巣くっていたものである。実母に死なれ、継母に育てられ、という不幸な生い立ちが生み出したものが、成長してきたものである。

石原の倫理の水準は、日常を生きる常識人よりはるかに高い、というよりも、深い。石原の関心は自己のシベリア体験のみにあり、それ以外のことは、いわば断念されている。断念とは他の可能性(たとえば政治的経済的な方面)の放棄である。石原は、日常のレベルよりずっと深い暗い固有の空洞を、詩とエッセイを書き、自己審問によって、単独で掘り抜こうとしている。それは孤独で、激しい、厳しい行為である。

石原は日常・生活というものも切り捨ててきた。しかし、切り捨ててきたといっても日常は毎日あったのであり、このことのつけはどう処理されるのだろうか。日常の中で自分自身と向かい合わねばならないこと、生活を生きている自分と、人生を生きている自分の対話は、こんなふうに始まる。何度か引用してきたが、次は全文である。

「「さあ、いよいよお前さんと二人っきりになったぜ」と最初に口を切るのは、一体どっちの僕からだろうか。「さあ、いちばんいやな話をはじめようじゃないか……」」

（「ノート」一九六〇年五月二日、Ⅱ）

「お前さん」というのはもちろんもう一人の石原である。おれの中に居るもう一人のおれ。「おれが（シベリアに）忘れて来た男」、「おれよりも泣きたいやつが／おれの中にいて」（「泣きたいやつ」『現代詩手帖』一九六八年一月、「斧の思想」Ⅰ）、という風に出てくる二重の風景である。これもまた、最後の審判ならぬ、日常の審判として、石原の生の問題としてあった。彼は日々「生き生きと生きる人間」になりたかったのだ。「無意味な世界とたたかいつづけること」（「ノート」一九六〇年五月六日、六月二十七日）によって、日常生活と人生とが一つになった充実した人間になりたかったのだ。しかし、実際には、己を切り刻むように自己審問としてエッセイを書き続けた。それが石原の主体性であった。それは死にいたる病であっただろうか。しかしながら躓きと苦悩の十字路《クロス》に、イエスはともに共に友に朋に伴に倫にいる。なお言えばキルケゴールもバルトもフランクルもいる。そこが、「③絶望して、自己自身であろうとした」石原の居るべき「位置」であった。而も《テンノッポ》それは商議ではなく。

　繰り返し言えば、石原は「おれよりも泣きたいやつが／おれの中にいて」という詩を書いているが、安穏な生き方を、孤独な「おれの中にいる、おれよりも泣きたいやつ」が許さないのである。いつも二重の風景であった。「私が理想とする世界とは、すべての人が苦行者のように、重い憂愁と忍苦の表情を浮かべている世界である。それ以外の世界は、私にはゆるすことのできないものである」（「ノート」一九五七年二月五日）と言っていたように、いきぐるしい、倫理的な生まれであった。

而して石原は孤独であった。彼の日常はむしろ異常なものであり、それは段々高じて行った。彼はほとんどアルコール中毒であった。四時ころ、勤め先の近くで夕食を済ませ、帰宅して風呂に入り、まずコップに二杯日本酒を飲む。ゆっくり時間をかけて。肴はたばこである。これで一回目の飲酒は終わり、九時近くには床に入る。が一〇分もすると起き上がり、ウィスキーグラスで三杯引っかけて、ひとまず床に戻るが、一〇分もするとまたもや起き上がって残りの三杯を片付ける。これで二回目の定量が終わる。しかしまたもや起き上がって三回目の定量を引っかける。ウィスキーグラスに三杯のはずが、一升瓶にたっぷりある時は四杯にも八杯にもなってしまう。三杯を越すと翌日は体調がくずれる。これが、禁酒の出来ない彼の節酒の方法である。失敗に失敗を重ねてたどり着いた三段飲み（四段のような気もするが）である。数年はこの方法でよかったが、予備の酒が家にある限り定量を越す危険は避けられず、さいごの決め手とはならなかった。今は家には一切酒を置かないことにし、ウィスキーのポケット瓶を一本買って帰るが、それではいかにも頼りない。二本買って帰り、二本目の半分を飲み、残りは捨ててしまうことにした、というのである（「私の酒」『現代の眼』一九七三年五月『海を流れる河』Ⅱ)。

それはユーモアなどというものではない。自制しようとしてもできず、ウィスキーに耽溺しようとする石原をみかねた夫人が角瓶を割った時、石原は出刃で自分の腕に傷をつけたという(大野新「初源からみる石原吉郎」)。

一九七六年の秋、「ある精神的ショックが原因で、急性アルコール中毒という病症で四谷に近い「斎藤神経科」という病院(院長斎藤茂太)に短期間――十月半ばから十二月末まで入院した。そこは開放病棟で外出も一応は自由だったが、どの病室をのぞいても、患者はごろっとして呆然と天井をながめていた。自分もああなってはたまらんと思って、必死で、三日間に約三〇首の短歌を作った(「病中詠」。『北鎌倉』に収録、Ⅲ)。自分自身との孤独な戦いであった(「短詩形文学と私」『一期一会の海』Ⅱ)。

奇矯な行動が多くなり、彼が「こいびと」の名で呼ぶ女性も居て、彼女には白鞘を捧げているという。(会田綱雄「〈石原吉郎〉に関するノート」『現代詩読本2　石原吉郎』)。何人かの女友達に「遺書」を送ったり、小刀を贈ったりした。吉原幸子も贈られて、「いただいた　うつくしい小刀の刃紋を/みつめています//もう　泣いてもいいのですよ」、と追悼詩「あの朝のように」(『現代詩読本2　石原吉郎』)を書いている。「泣いてもいいのですよ」という詩句は、石原の「おれよりも泣きたいやつが/おれの中にいて」という詩を踏まえた言葉であろう。

夫人も石原とどう向きあったらいいか、分からなかったのであろう。おそらく彼自身にも破滅して行く自分をどうしようもなかった。そんなにもこのペシミストは生き苦しかった。一〇月、飲酒のあげく泥酔、切腹の真似をし、深夜の電話などの奇行が多くなる。石原は、既に、［詩がおれを書きすてる日］（「詩が」『水準原点』Ⅰ）を迎えていたのかも知れない。
石原は清水昶との対談で、いきなり腹を切ったと話し出して、そのためらい傷を見せて、清水を驚かせている。

［石原　ぼくは去年病気してから、家へ帰って腹を二度切ったんです。
清水　えっ。
石原　二度切って二筋ありますよ。ところが左ほど深く切るね。右ほど浅くなる。
清水　そんなことあったんですか。
石原　見せてもいいけど。
清水　ちょっと見せて下さい。（腹を見る）
石原　もうだいぶ治ったと思うけど。
清水　それはやっぱり死ぬという。こわいなあ、だけど……］
（「自己空間への渇望」『流動』一九七七年一〇月、Ⅲ補遺）」

自殺は未遂に終わった、というのであるが、退院して帰ったばかりの夫人が再度精神科に入院したのはそのショックのためもあっただろう。六月に夫人が退院すると、石原の飲酒量はふえ、疲労感と寂寥感が激しくなった。

［時を経て二条の創《きず》は引き残し切出しこれやたはむれとせむ
刀創のありてや　ひとは無念なる　無ければいや増す無念かさらに］

（歌集『北鎌倉』Ⅲ）

この二首は腹を切った、ためらい傷のことを言っているだろう。［二条の創］、［刀創］というのは生々しい死への親近感というか、腹切りの失敗を無念に思う心情を表白している。石原は鎌倉武士にあこがれ、鎌倉に度々出かけ、北條政子と源実朝の墓がある寿福寺を訪ねている。

［少し前に、雨の北鎌倉を一日歩きまわったことがある。たまたま立ち寄った寺に、北條政子と源実朝の墓があった。いずれも洞窟の暗がりに凝然と立ちすくんでおり、その荒涼とした気配が気に入ってしばらくたたずんでいたのをおぼえている。／たぶんその時私がそこに立っていたのは他界への入口のような所であったろう。しばらく生きるために、私はそこを立ち去った。生き残ったということは、私には大変重たい事実であって、不用意に私はその事実から立ち去ることはできない。このごろ私は、荒涼としたものにつつまれた浄福のようなものに、渇仰に近いものを感ずることがある。一年か二年後に一冊にまとめられるであろう詩集のために『北鎌倉』という題を私は考えている］（「生きることの重さ」）

［鎌倉の北の大路を往く果てを直《ただ》に白刃《しらは》の立つをば見たり

（Ⅲ補遺）

わが佇《た》つは双基《ふたもと》立てる樹のごとき墓碑の剛毅の間《あわい》とぞ知れ
発念のやすらぎとほくあゆみなば断念の果ての白刃《しらは》に到らむか
「この病ひ死には到らず」発念の道なす途の道の行く果て
北鎌倉扇谷の遠狭《とほぜま》を刀《たう》もち行けど刀は叫ばず」（歌集『北鎌倉』一九七八年三月、Ⅲ）

石原は実朝（三代将軍）はあまり好きではないと言っているし、政子は頼朝の妻であり、実朝の母であり、尼将軍と呼ばれた。二人ではなく、それぞれのやぐら（加工しやすい鎌倉石〈凝灰質砂岩〉をうがった人工洞窟）の中の、古い五輪塔の「間《あわい》」にある荒涼とした佇まいに惹かれ、佇つのだという。［暗い空洞のようなもの］、［古井戸の底をのぞきこむような気味悪さ］を感じるのだろう。その色調は、古びて退色し、蒼暗い、荒涼とした気配を醸成していた。そしてその五輪塔の「間」は、［われらのうちを／二頭の馬がはしるとき／二頭の間隙を一頭の馬がはしる」（「馬と暴動」『現代詩手帖』一九六一年六月、『サンチョ・パンサの帰郷』Ⅰ）という時の、その「間隙」に似たもので、二つのものではなく、その関係性の間に詩人は居て、静かに、昔から脈打つ流れに惹かれ（引き込まれ）そうになるということだろう。ここにも二重の風景がある。深淵と寂寥、それは「他界の入口」のようだと言う。死の浄福への誘惑を感じたが、もうしばらく生きるため、あやうく、そこを立ち去ったと石原は言う。［わが寂寥を見さだめること］、と言っていた石原だが、［深淵のような悲しみ］を抱いて、すでにここまで来ていたのである。

（余談ではないが、『死にいたる病』の著者のキルケゴールという名前は、訳者枡田啓一郎によれば、Kirke（教会）のgaard（庭＝墓地）という意味だそうで、固有名詞にするとき「e」を加えて、Kierkegaardにしたということである（『日本の名著40 キルケゴール』の付録）。ここは、寺の墓地である。石原には墓地を徘徊する趣味があるようだ。死に親近感があるというか。思い起こせば、一八歳の時、自殺未遂を起して以来、それは近しいものだったのかも知れない。）

「日本の武士の原形みたいなものが鎌倉にあるんじゃないか」（清水昶との対談「儀式と断念をめぐって――生と詩の体験」『詩の世界』一九七五年六月、Ⅲ）

と石原は語っているが、昔の、想像中の女性とか鎌倉武士とかと出遭うため、鎌倉時代を幻視しようとして、白鞘の居合刀をぶら下げて、好きな北鎌倉を歩いたこともある。それは「断念の果ての白刃」だったのであろう。証明書は持っていると言い訳しながら（清水昶との対談「自己空間への渇望」『流動』一九七七年一〇月、Ⅲ）。これもまた奇矯な行動のひとつであろう。腹を切るということはそのような（鎌倉）武士道的な考えもあってのことだろう。

一一月五日、詩誌『地球』主催の「地球の夕べ」が都内のホテルであった。石原は新藤涼子に切出し（小刀）を見せながら「死のうと思ってこれ買ったんだ。今朝もこれでおなかを切ったんだ」と言った。新藤は「おなかなんか切る必要ありませんよ。死にたけりゃ、もっと楽な死に方を教えてあげるから。さ、その小刀。よこしなさい」と言って切出しを取り上げ、さっさと自分のバッグにしまった。石原は「そんなもん、また買えるんだから」と言って、いきなり「ほら、切った痕があるだろ」と言い、腹の切り傷を見せた。傷はみみずばれ程度のかすり傷だったという（多田茂治『石原吉郎「昭和」の旅』二五一頁）。

「ごく最近、私は一種の錯乱状態から、二度発作的に腹を切りそこねましたが、とても切れるものではなく、見苦しい傷が残っただけでした。われにもあらず、思いあがった行為をしたと思っています」（「全盲」について」『一期一会の海』Ⅱ）

一一月五日、夫人入院。石原は酒量がさらに増し、失見当識になる、と年譜は伝えている。もはや限界であったか。

一一月九日、東村山市立図書館で「現代詩について」というテーマで講演し、「ちょっと、昨日とりこみごとがありまして、昨夜は完全に寝られなくて、今朝になってからやっと寝れましたが、頭がちょっとぼんやりしています」と語り始めている。「とりこみごと」の中身は知るよしもないが、生活は乱調気味だったようだ。続いて、「ぼくは、たいてい自分の詩が、後で読んで嫌いになるんですけれども、この詩だけは、今でも好きな詩のひとつです」と言って、「フェルナンデス」を朗読し、涙を流したという。この詩は、石原としては「最高のやさしさをこめたつもり」で、発想から一〇年蓄えていた作品であった。「こんなに長く発想を蓄えた経験はこれが初めてです」（『東村山市立図書館だより　No11』一九七七年一一月三〇日）。

「フェルナンデスと／呼ぶのは正しい／

寺院の壁の　しずかな／くぼみをそう名づけた／
ひとりの男が壁にもたれ／あたたかなくぼみを／のこして去った／
〈フェルナンデス〉／
しかられたこどもが／目を伏せて立つほどの／
しずかなくぼみは／いまもそう呼ばれる／
ある日やさしく壁にもたれ／男は口を　閉じて去った
〈フェルナンデス〉
しかられたこどもよ／空をめぐり／墓標をめぐり終えたとき／
私をそう呼べ／私はそこに立ったのだ」

（『ペリカン　一四』一九七〇年一月、詩集『斧の思想』Ⅲ）

この詩は、『サンチョ・パンサの帰郷』所収の「さびしいと　いま」という作品と呼応している、即ち「長く蓄えて」来た作品と考えられる。

「さびしいと　いま／いったろう　ひげだらけの／その土塀にぴったりと／
おしつけたその背の／その　すぐうしろで／
さびしいと　いま／いったろう／
そこだけが　けものの／腹のようにあたたかく／
手ばなしの影ばかりが／せつなくおりかさなって／いるあたりで／

背なかあわせの　奇妙な／にくしみのあいだで／
たしかに　さびしいと／いったやつがいて／
たしかに　それを／聞いたやつがいるのだ／（略）」

（『ロシナンテ　一六』一九五九年四月、『サンチョ・パンサの帰郷』Ⅰ）

この時から、石原は死の準備をしていたのかもしれない。「その土塀にぴったりと／おしつけたその背の／その　すぐうしろで／さびしいと　いま／いった」やつがいて、それを聞いたやつが確かにいるのだ（言ったのも聞いたのも石原であろう）。土塀に残した背中の跡は、一一年後、壁の「あたたかなくぼみ」となって残っており、一八年後の七七年になっても詩人の心の中に、「さびしさ」として残っていた。「背なかあわせの　奇妙な／にくしみのあいだ」も一緒に。「あたたかなくぼみを／のこして去って」行ったフェルナンデスとは、今にして思えば、石原以外ではあり得ない。思い起こせば、石原は、シベリアにいたころから、「滅びなければならない時が来たら、いつでもしずかに滅びて行こう」（「ノート」一九五九年、Ⅱ）と思っていた。いつもペシミストの悲しみを抱いていた。ただしそれは、見てきたように「くぼみ」というにはあまりに深い「深淵のような悲しみ」「暗い空洞」であった。シベリア体験と「適応」「堕落」、そしてその自己審問、その結果、「孤独」、「さびしさ」、「寂寥」は、石原にとって、文字どおり「死にいたる病」であったろうか。もちろん、③絶望して自己自身であろうとしたという意味だけど。

東村山市立図書館での講演で、聴衆の一人が、清水昶が石原の姿勢をかぎりなく求道に近いといっているが、という質問に関して、

「詩と信仰はぼくには全然つながらないいんですよ。詩はぼくにとっては楽しみであり、信仰はぼくにとって苦痛なわけです」（「同　図書館だよりNo11」）

と応えている。これは石原の初期の詩と後期の詩とでは趣が違うことからきているのではないだろうか。石原はエッセイ集『望郷と海』（一九七二）を出版して、シベリア関係を「一応打ち切ってほっとし」た（鹿野登美宛書簡）（その後も書いているが）。後期の詩（『禮節』一九七四、『北條』一九七五、『足利』一九七七、Ⅲ）は、「ああいう世界（注＝シベリア体験の世界）から抜け出そうと思って」（「『サンチョ・パンサの帰郷』の周辺」Ⅱ）、わびさび的な、（鎌倉）武士（道）的なといってもいいかもしれない美意識の世界へ鎮まっていったのだろうか。その限りでは詩は彼にとって楽しみであったのかもしれないが、さきほど短歌に見たような重苦しさもある。

初期の詩は、例えば、「葬式列車」の「いつも右側は真昼で／左側は真夜中のふしぎな国をはしりつづけている」という列車の通過音は、石原の心象風景の最も低音部を奏でるものだ。それは、生々しいシベリア体験の苦痛の形象化であり、やはりバルト的な実存の信仰がバックグラウンドにある。信仰は苦痛であるということは、苦痛は信仰であると言い換えることが出来る。石原は、告発しないと言い、己の体験の深淵を掘り進み、その苦しみを詩に書いた。彼は

そのことに意味を見ていたはずである。彼の義であり、信実であったはずである。フランクルは、「彼（アウシュヴィッツの愛の実践者）は天に、彼の苦悩と死が、その代りに彼の愛する人間から苦痛にみちた死を取り去ってくれるようにと願ったのである」と書いて、意味のない苦しみを望まなかった。おそらく石原にもそうした意図はあったであろう。しかしそれは此岸でのことである。

石原はいつも聖書を傍らに置いて詩を書いた。逆に言えば、「私は聖書を読むとき、無意識のうちに詩的な発想をさがし求めていることが多い」ということである。さらに、石原は「口語訳の聖書をほとんど読まない。（略）文語訳にはあきらかに詩がある（略）。口語訳（略）には、かわいそうなほど詩がない」と言っている（「半刻のあいだの静けさ――わたしの聖句」『海を流れる河』Ⅱ、傍点原文）。

石原は帰国直後を除いてほとんど教会には行かず、独自に聖書と関わってきた。

「聖書のことばへのそのようなかかわり方は統一された共同の註解の場では行なわれず、単独な場での孤独な行為たらざるを得ない。事実私は、多く教会の外で聖書のことばに出会って来たように思う」（「聖書とことば」『断念の海から』Ⅱ）

「帰国後しばしば私は、シベリアで信仰が救いになったかとたずねられた。実は、信仰というものがそのような、危機に即応するようなかたちで人間を救うものではないということを痛切に教えられた場所こそシベリアであったと、すくなくとも私にかぎっていえそうな

気がする。(略)私たちをつねに生き生きと不安にめざめさせることば。それが私にとっての聖書のことばであった」　(同)

ここにもバルトに学んだ聖書-キリスト教理解があるように思われる。独自に、単独で聖書を読み、詩的なイメージと共に理解し、シベリアでの体験の自己審問の十字路《クロス》において、彼は詩を書き、エッセイを書いた。

石原の詩は深き淵から呼ばわる悲しみの声である。石原は己の苦悩を商議したりはしなかったが、その声は、ついに神に届かなかったのであろうか。バルト神学の言う神と人との絶対的な質的断絶=沈黙のゆえに。何と言うか、苦しみ多き石原の受難の生涯は、神に答え(恩寵)てもらえなかったヨブのようである。神は人間を芻狗《すうく》のように扱う。ヨブの子どもたちは次々に殺されていった。しかし石原は「ヨブ記」について次のように言う。

「ヨブ記は、最後は、メデタシ、メデタシで終わるんでね。あすこへくると、がっかりしちゃう」　(安西均との対談「背後から見たキリスト」Ⅲ)。

石原は、死が簡単に転化するようなものでは無く、死の絶対性、つまり芻狗のように死んでしまったヨブの子どもたちはかえらないし、次に生まれた子供が死んだ子の代わりになることは無いということを神に抗議している。一回性を生きるマゾヒストであることの証左である。

そして、石原は死について、死の意味付けと死の未来を語る。

「死はそれほどにも出発である／

死はすべての主題の始まりであり／生は私には逆《さか》向きにしか始まらない／
死を〈背後〉にするとき／生ははじめて私にはじまる／
死を背後にすることによって／私は永遠に生きる／
私が生をさかのぼることによって／死ははじめて／生き生きと死になるのだ」
（「死」『現代詩手帖』一九七七年一一月号（石原吉郎小詩集「哀愁」として二一編が一挙掲載された、その中の一編、『満月をしも』Ⅰ）

一一月号は一〇月中に発行されるはずで、図らずも？　彼の死の予告になっている。
この「死」という作品と殆んど同工異曲の「はじまる」という詩を、石原は既に『詩の世界』一九七六年五月号に発表している。

「重大なものが終るとき／さらに重大なものが／
はじまることに／私はほとんどうかつであった／
生の終りがそのままに／死のはじまりであることに／
死もまた持続する／過程であることに／
死もまた／未来をもつことに」（「はじまる」『詩の世界』一九七六年五月号、『足利』Ⅰ）

このことで石原が「うかつ」であったとは到底思えない。生の終りと死のはじまりのことは、常に、ずっと、意識してきたはずだ。「終焉であり発端である」（バルト『ロマ書』一二一頁）というバルトのことば、即ち信仰の根源としてのイエスの十字架上の死と復活、「新しき人」になることを知って以来のことであったはずである。イエスとの関連が石原の生の基礎にある。彼と共に死ねば彼と共に生きるだろう。

石原は大岡昇平との対談（一九七四年）ですでに次のように語っている。

［石原　帰って来てから気づいたことなんですけれど、未来という時間の数え方には二通りあるような気がするんですね。一つは、単純に一単位ずつ時間を積み重ねていくやり方で（略）。戦争の時はそういう数え方は出来なかったわけです。無限に延ばしていけなかったわけです。結局この戦争はどのくらい継続するだろうかというような予測を立てて、そこが一応のくぎりというような時点を考えたわけです。そこまで毎日一日ずつ、一月ずつ、一年ずつ消していくわけですね。残りがゼロになったときに何かが起る、おそらく死ぬだろうと、そういう形で未来という時間を死に結びつけたわけです。ロケット打ち上げのときの秒読みがそうですね。（略）」（大岡昇平との対談「極限の死と日常の死」。終末から』一九七四年六月、Ⅲ。「消去していく時間――香月泰男『海拉爾通信』について」一九七一にも同じような記述がある）

カウントダウンにより、時間を消去して行き、ゼロになったとき、次のものが始まる。……、三、二、一、〇、一、二、三、……。死によって始まる生がある。［死はそれほどにも出発である。死を背後にすることによって私は永遠に生きる」。石原はこう言い切って自分の死と生を創造しようとしたのだが、しかしそれは虚構である、と石原は言う。

［戦争の時期、私自身ほとんどおなじかたちで未来という時間をもった。未来はいちはやく先取りされたカタストロフとして、そこから先を完全に遮断された、いわば折返し点のように私にあった。そこから現在に向けて、一単位ずつ時間を消去することによって、未来は絶望的なリアリティを獲得する（ちょうど、ロケット打上げの秒読みのように）。残り時間がゼロになったとき、未来と現在は「同時に」終る。もし予期に反して、それが終らないときは、その瞬間からすべての時間は裏返しになり、虚構になる。戦争が終った瞬間に私は、虚構としてのこの時間をもった」

（「低迷のままの未来——清水昶詩集『野の舟』について」『断念の海から』Ⅱ）

虚構とは何か。カウントダウンが終り、時間がゼロになり、カタストロフは死の時間の始まりのようではあるが、生きている意識が、夢のように或る［位置］を獲得し、死が生を逆照射し、「断念」が世界を虚構する。

［球という形態は、もしその内部が空洞であるなら、完璧に宇宙を「内包」することができる。宇宙が完全に一個の球を包みこんでいる「関係」を、うらがえしにすればいいのである。それだけで球がその内側から、一つの宇宙を一分の隙もなく内包している事実がはっきりする。私たちが私たちの形態のままで、すでに世界を内包してしまっている事実を確認するためには、ただ目を閉じるだけでいい。世界が「外側から」私たちを隙間なく接触しているということは、私たちが「内側から」世界に接触しているということと、まった

く等価である。私たちが一つの意志をもって、おのれ自身の空洞へ降り立つなら、内包と外包との関係は苦もなくひっくりかえすことができる、これが一人の人間が、世界とまっとうに拮抗するためのただひとつの方法であり、そのために私たちは、凝縮した眠りをもたなければならないのである」（「球」『現代詩手帖』一九七一年一月『断念の海から』Ⅱ）

これは一片の散文詩である。赤瀬川原平の梱包作品「宇宙の罐詰」（一九六四）と同じ構造原理である。蟹の罐詰を買ってきて、中身を空ける。食べてもいい。きれいに洗って、蟹罐の内側にラベル（いまは印刷されているが、昔の缶詰のラベルははがせた）を貼りかえる。「この中に○○《コレコレ》が入っている」、とラベルを貼った側が外側である。そして蓋をして半田付けをすれば、「宇宙の罐詰」が苦もなく（半田付けはちょっと面倒だが）出来上がる。罐でやると何が起っているのか分かり難いから、僕はこれを透明な壜でやった。「宇宙」と書いた紙を壜の内側にはりつけて蓋を閉める。すると今まで内側だった側が外側になって、宇宙の壜詰が出来あがる。実に分かりやすく、簡単である。香月泰男も、「囚」（一九六五）という作品で、見回りをするソ連兵と抑留者の「見る－見られる」の関係の転位を言っていた。動物園の檻を考えてもいい。人間は檻の中の猿を見ているが、逆に人間は猿から見られて檻の中にいる。猿は宇宙の果てまでを見ている（はずだが、そんなはずはない。猿の環世界《ウンヴェルト》はそれほど広くはないだろう）。

これは人間の意識の構造と同じい。宇宙は僕らを包み込んでいるが、逆に、僕らは宇宙を五感（身体と脳）を通して見ている。意識が宇宙の果てまでを包みこんでいる。そういう［位置］

を獲得し、自身が宇宙を逆照射し（見返し）、自身が宇宙を解釈し、世界と拮抗し、対峙し、虚構する。

石原のシベリア原体験の追体験は、とりもなおさず、外から、後から、原体験を入れ子にして見直す追体験であり、自己審問であった。いきぐるしくはあったが、石原の自己を取り戻す、自己を救助する過程であり、生の軌跡でもあった。それは、「死にいたる病」であっただろうか。したがって「この病は死に至らず」、そこから始まると信じたであろうか。

姉マルタはイエスを迎えて接待に忙しかったが、妹マリアはイエスの言葉に聞き入り（ルカ一〇－三八）、イエスに香油をぬり、自分の髪でイエスの足をふいた（ヨハネ一二－三）。マルタの弟ラザロは病気になっていた。イエスは、この病は死に至らず、それは神の栄光のため、また神の子がそれによって栄光を受けるためのものである、と言って二日そこに滞在し、旅に出た。しかし、ラザロは死に、四日間墓の中に置かれていた。マルタは戻ってきたイエスに、あなたがここに居てくださったら兄弟は死ななかったでしょう、と言った。イエスはマルタに、「あなたの兄弟はよみがえるであろう」、と言い、「わたしはよみがえりであり、命である。わたしを信じる者は、たとい死んでも生きる。また生きていて、わたしを信じる者は、いつまでも死なない。あなたはこれを信じるか」と言った（ヨハネ一一－一～二六）。

石原はこのエピソードを、すなわち〈新しい人間〉として新生を生きるということを信じていただろうか。石原は初めから、〈新しい人間〉のテーマを抱えていた。第一段階は狭義に、「告発」せず、見たものを見たという［位置］と自己審問のために。第二段階は広義に、聖書のいわゆる〈新しい人間〉としての新生のためのものである。死の二〇年前、一九五七年のノートに次のように書いていた。

［私に、今、聖書の〈新しい人間〉という言葉は、なにか今まで自分が想像もできなかったような不思議な希望を、かすかにではあるが与えてくれるように思えるのだ。（略）私が今まで悩みぬいてきた問題は、まさにこの〈新しい人間〉という言葉に圧縮されているように思われる。私は〈新しい人間〉になれるだろうか。「もし、なれなかったら」と思うと、恐怖が背筋を走るような気さえする。私の日々の希望は、この〈新しい人間〉になりたいということであり、もし今の私に、かろうじて喜びのようなものがあるなら、それは、このような私自身にもかかわらず、なお〈新しい人間〉というただ一つの希望が残されていることのためである」

（「ノート」一九五七年一〇月一一日、Ⅱ）

躓きと苦悩の十字路（＝クロス＝十字架）にこそ、イエスがいる。しかも、

［危機に即応するようなかたちで人間を救うものではな］く、［私たちをつねに生き生きと不安にめざめさせることば］（「聖書とことば」『断念の海から』Ⅱ）

として在る。それが宗教の現実である。そうして「〈新しい人（間）〉」とは［終焉であり、発端であるところのもの］（『ロマ書』一二一頁）である。「死にいたる病」は「死にいたらず、「新生」、恩恵、赦しへの契機である。これは宗教の背理・逆説であるが、しかしながら、

［挫折の全体が、巨きくあたたかな次元で許されているという保証がなければ、そのような挫折に私たちは到底耐ええないだろう。しかもそのような保証が確かにある、と安堵していえないのが、私たちの信仰の真のすがたなのであり、私たちにできるのは、座してひたすら保証を待つことだけである」（「信仰とことば」『断念の海から』Ⅱ）。

挫折や失敗や罪が［巨きなあたたかな次元で許されているという保証」とは、法然（一一三三～一二一二）・親鸞（一一七三～一二六二）が、「はからい」は無力であり、阿弥陀仏の本願にゆだねるという、いわゆる他力本願かな、と思いたくなるような言葉である。バルトはこう言っていた。

「それはこの世に於て、それはただ矛盾としてのみ現はれ理解されるに過ぎない。福音は説明もしない、勧めもしない、乞ひもしない、商議もしない。それは唯信ずべきものである。それは矛盾に止まり得ない者には躓きとなり、矛盾の必然性から遁れ得ない者には信仰となる」（バルト『ロマ書』一六頁。前引用の再掲）。

繰り返すが、人間は危機に臨んで神の救助を望むが、バルトの神学はそれは無力であると言う。神は常にここにいる（イマヌエル）のだが、人間の方から神に歩いていくことはできない。商議はない。「はからい」は無力である。ゆだねるしかない。

さらにもう一人キルケゴールの言葉もここに響いてくる。

［思うに、人間的にいえば、死は一切のものの最後であり、人間的にいえば、生命があるあ

いだだけ希望があるにすぎない。しかしキリスト教的な意味では、死はけっして一切のものの最後ではなく、死もまた、一切のものを包む永遠なる生命の内部におけるひとつの小さな出来事であるにすぎない。そしてキリスト教的な意味では、単に人間的にいって、生命があるというばかりでなく、この生命が健康と力に満ち満ちてさえいる場合に見いだされるよりも、無限に多くの希望が、死のうちにあるのである。／

それだから、キリスト教的な意味では、死でさえも「死にいたる病」ではない。ましてや、苦悩、病気、悲惨、艱難、災厄、苦痛、煩悶、憂い、悲嘆など、およそ地上の、この世の悩みと呼ばれる一切のものも、そう（死にいたる病＝注）ではない」（セーレン・キルケゴール「死にいたる病」一八四九、『世界の名著40　キルケゴール』桝田啓三郎訳、中央公論社、一九六六、四三二頁）

これはキリスト教の措定であり、信仰である。［死でさえも「死にいたる病」ではな］く、［一切のものを包む永遠なる生命の内部におけるひとつの小さな出来事であるにすぎ］ず、「無限に多くの希望が、死のうちにあるのである」。前にも言ったように、石原は、受難の絶望というものさえ存在しない、いやらしい暗さこそ「死にいたる病」なのであり、暗い絶望がおとずれた方が勇気に満ちて生き生きと生きて行ける、と『死にいたる病』を読んで言っていた。石原は受難のマゾヒストである。

石原の苦しみ多き人生は、逆説として神を希求し、神に問いかけ、問われる人生でもあった。

その過程で、石原は〈新しい人間〉になれただろうか。死は、死にいたらず、新生であろうか。しかし、バルトも言うように、商議はない。

［この疲労を重いとみるのは／きみの自由だが／
むしろ疲労は／私にあって軽いのだ／
すでに死体をかるがると降ろした／絞索のように／私にかるいのだ／
（九行略）
私はすでに／死体として軽い／おもい復活の朝が来るまでは］
（「疲労について」『詩の世界』一九七五年五月『満月をしも』Ⅰ）

シベリアでの過酷な体験、そしてその追体験による［疲労はむしろ私にあって軽い］と石原は言う。その病は死にいたらず、どこから来てどこへ行くのか。［終焉であり、発端であるところの］、［復活の朝］はあっただろうか。〈新しい人間〉の新生はあっただろうか。しかも、商議はない。

［なんという駅を出発して来たのか／もう誰もおぼえていない
ただ　いつも右側は真昼で／左側は真夜中のふしぎな国を
汽車ははしりつづけている／
（一二行略）
俺だの　俺の亡霊だの／俺たちはそうしてしょっちゅう／

自分の亡霊とかさなりあったり／はなれたりしながら／
やりきれない遠い未来に／汽車が着くのを待っている／
誰が機関車にいるのだ／
巨きな黒い鉄橋をわたるたびに／どろどろと橋桁が鳴り／
たくさんの亡霊がひょっと／食う手をやすめる／
思い出そうとしているのだ／
なんという駅を出発してきたのかを」
（「葬式列車」『文章倶楽部』一九五五年八月『サンチョ・パンサの帰郷』一九六三、Ⅰ）

石原は根っからのマゾヒストであり、ペシミストである。よく人生と相渉ったと思う。しかし、彼岸（クリスチャンだから天国と言うべきだろうが、いずれにしてもそういうものがあるとして）のことは誰にも分らない……（神のみぞ知る）。

石原の文学的営為は、宗教性を多く含み、而も《テンノッポ》「はからい」ではなく、初期から、晩年は特に、自身の葬送曲のようである。彼は「壁にもたれ／あたたかなくぼみを／のこして去った」。それは石原の自己愛惜である。

一九七七年一一月一四日、午前一〇時頃（推定）、自宅で入浴中、急性心不全により死去。夫人は入院中であり、翌一五日訪問した友人によって発見された。六二歳だった。葬儀は一九日、日本基督教団信濃町教会で行なわれた（「年譜」Ⅲ）。喪主和江夫人は（まだ）入院中で、葬儀委員長は宗左近がつとめた。

　キリスト教徒ではあるが、自殺説ないし自死説がある。僕も否定しない。言うように［死は出発］であり、彼の生が死からの逆算によっていたのであれば。

（一九九七年一一月一四日　石原没後二〇年）

（二〇一七年一一月　石原没後四〇年加筆）

■参考文献

石原吉郎『望郷と海』筑摩書房、一九七二
『現代詩文庫 26 石原吉郎詩集』思潮社、一九六九
『現代詩文庫 120 続石原吉郎詩集』思潮社、一九九四
『石原吉郎全詩集』花神社、一九七六
『石原吉郎全集』全三巻 花神社、一九七九〜八〇

Ⅰ

『サンチョ・パンサの帰郷』一九六三、
「いちまいの上衣のうた」『石原吉郎詩集』一九六七
「斧の思想」『日常への強制』一九七〇
『水準原点』一九七二
『禮節』一九七四
『北條』一九七五
『足利』一九七七
『満月をしも』一九七八、未刊詩編

Ⅱ

『日常への強制』一九七〇
『望郷と海』一九七二
『海を流れる河』一九七四

『断念の海から』一九七六
『一期一会の海』一九七八　補遺

Ⅲ

『石原吉郎句集』一九七四
歌集『北鎌倉』一九七八
対談集『海への思想』一九七七
評論集『断念の海から』一九七六、
書簡、補遺、自筆年譜、年譜、初出一覧

『石原吉郎詩文集』講談社文芸文庫、二〇〇五
『石原吉郎セレクション』柴崎聰編　岩波現代文庫、二〇一六
大野新『沙漠の椅子』編集工房ノア、一九七七
『現代詩読本　2　石原吉郎』思潮社、一九七八
内村剛介『失語と断念』思潮社、一九七九
安西均『石原吉郎の詩の世界』教文館、一九八一
清水昶『詩人　石原吉郎』海風社、一九八七
多田茂治『内なるシベリア抑留体験　石原吉郎・鹿野武一・菅季治の戦後史』社会思想社、一九九四。
　インタープレイ　二〇〇四
多田茂治『石原吉郎「昭和」の旅』作品社、二〇〇〇
落合東朗『石原吉郎のシベリア』論創社、一九九九

畑谷史代『シベリア抑留とは何だったのか　詩人・石原吉郎のみちのり』岩波書店　二〇〇九
柴崎聰『石原吉郎　詩文学の核心』新教出版社、二〇一一
細見和之『石原吉郎　シベリア抑留詩人の生と詩』中央公論新社、二〇一五
野村喜和夫『証言と抒情――詩人石原吉郎と私たち』白水社、二〇一五
鹿野登美「石原吉郎と鹿野武一のこと」『詩学』一九七八年五月号
鹿野登美「遍歴の終わり――鹿野武一の生涯」『思想の科学』一九八二年八月号
澤地久枝「シベリア抑留八年　夫と妻」『昭和・遠い日　近い人』文春文庫、二〇〇〇
菅季治『語られざる真実』筑摩書房、一九七五。日本図書センター、一九九二
澤地久枝『私のシベリア物語』文春文庫、一九九一
山口県立美術館・朝日新聞西部本社企画部編『香月泰男〈シベリア・シリーズ〉展』図録、一九八九
立花隆『シベリア鎮魂歌――香月泰男の世界』文藝春秋、二〇〇四
小池邦夫編『香月泰男の絵手紙』二玄社、二〇〇三
内村剛介『行き急ぐ　スターリン獄の日本人』一九六七、講談社文芸文庫、二〇〇一
『聖書』一九五四年改訳、日本聖書教会、一九六六
キルケゴール「死にいたる病」一八〇九、桝田啓三郎訳『世界の名著40　キルケゴール』中央公論社、一九六六
V・E・フランクル『夜と霧　ドイツ強制収容所の体験記録』一九四七、霜山徳爾、みすず書房、一九六一
カール・バルト『バルト神学要綱・ロマ書』一九二一年第二版、丸川仁夫訳、新生社、一九三三

庄司薫の狼はこわい

一、あれから

拝啓　庄司薫さま

あれからどのくらい経ったのでしょうか。そう、もう二八年ですか（加筆時二〇一七年は、四八年！）。ちょっとした感慨がありますね。うーむ、二八年か（四八年か！）。思わずギャッ！　て叫んでしまいます。

庄司薫さんは、今（一九九七年）何歳なんですか？　ええと、一九五〇年生まれということだから、四七歳ですか。僕は四九年生まれで、四八歳（ギャッ！）。（福田章二さんは、一九三七年四月生まれだから、なんと六〇歳、還暦！）（加筆時、それぞれ六七歳、六八歳、八〇歳！　ということだから、これは、ギャギャギャギャ！　大変だ）だけど、一方、あんまり年取ったという気はしないんですね、これが。そこんところが、一つのポイントかな。

で、そろそろ、五〇歳の、二一世紀を迎える薫さんの話、力を蓄えた薫さんの話の準備なんかなさっているんじゃないかとか想像してますが、どんなもんでしょう。それとも、「逃げて逃げて逃げまく」って、まだ逃げてるってことでしょか。それとも先頃（一九九五年）、『赤頭巾ちゃん気をつけて』（一九六九。以下『赤頭巾ちゃん……』と略します）の新版が出ましたが、あれがそれなのでしょうか。つまり、あれから四半世紀たって、「事柄の核心をめぐっては何一つ変わらない」、従って何も言うことはない、と。あるいは、「言ってはならない」と。

実は、昔、僕は薫くんに葉書を書いたことがあります。ファンレターです（滅多に書くことはないんですけど。今まで書いたのは松下竜一さんと浅田彰さんくらい。スキゾ・キッズ浅田さんには、教授にはならないのですか、って書いたと思う）。その頃僕は田舎の大学生をやっていました。返事をいただきましたが（消印は、47・3・15となっている）、その僕の宛名の下に、おそらく番地と勘違いされたのでしょう、720130という数字が書かれてあって、それは僕が葉書を書いた日付だと思います。何て書いたのかよく覚えていませんが、『狼なんかこわくない』（一九七一。以下『狼なんか……』と略します）を読んで、一四一頁では「結果的には……」と言っているのに、二一〇頁では「結果がどうであろうと……」と言っている、矛盾しているんじゃありませんか、といったようなことを書いたと思います。手紙は全部保存されているそうですから探せば出てくるかも。

余談じゃないと思いますが、序でに言えば、東大進学エリート校日比谷高校の芸術派福田章二さんは一浪して東大に進学します（一九五七年四月）が、この時、同じ一九三七年二月生まれ、大分県中津市の松下竜一青年は、高校を病気で一年休学して卒業し（一九五六年）、東大進学の受験勉強をしていましたが、母親の急逝で家業の豆腐屋を継ぐことになり、豆腐造りがうまくできず、懊悩していた……。やがて松下さんは力を蓄え、朝日歌壇に「泥のごとできそこないし豆腐投げ怒れる夜のまだ明けざらん」という短歌が入選して（一九六二年一二月）、以後、朝日歌壇の常連となり、『豆腐屋の四季』を著し（一九六八年）、緒形拳さん主演で連続テレビドラマになり、「暗闇の思想」（一九七二）を掲げて、豊前火力反対闘争に取り組むことになり、さらに、環境権・反戦・反核・反原発……の運動に取り組みました。詳しくは拙著『松下竜一の青春』（海鳥社、二〇〇五、『田中正造と松下竜一　人間の低みに生きる』海鳥社、二〇一七）を読んでください。）

葉書の中身を多少詳しく、具体的に言うとこうだったと思います。薫くんは、青春の愁いというか、人生の大問題を抱え込み、「最高を狙って」懊悩していたのだった……。

「若者が夢を持ち、その夢を実現しようとするには、そのための具体的な力を持たなければならない。そしてその力を獲得するためには、彼は、この現実の社会の中で、必ず他の人々との比較競争、特に同年輩者との激しい競争関係に入らざるを得ないわけだが、この競争関係に入るということは、そのこと自体で他者を傷つけ、自らはその最も大切な人間らしい何かを喪失するようなメカニズムを持っている。つまり、頭と尻尾をつなげて簡単に言えば、ぼくたちは、その夢を実現しようとすれば必ず他者を傷つけ、自分はその大切な人間らしさを失うような結果を招く……。／当時ぼくが最高の価値として考えていたものは、言葉で言えば「純粋さ」と「誠実さ」だった。」（『狼なんか……』四二頁）
「「若さ」とは、それ自体が巨大な狼のように、なによりもまず自分自身を襲撃し、これを食い殺そうとする。純粋・誠実といった「若さ」が求める価値そのものが、「若々しさのまっただ中」にあっては時に両刃の剣どころか、なによりも自己を閉鎖し否定し抹殺し尽そうとする武器として機能する……。」（一八〜一九頁）

薫くんは「若さ」＝「純粋・誠実」＝「傷つきやすさ・弱さ」という古典的青春論を信じない。そうではなくて、「若さ」こそ、外側にも内側にも、「純粋・誠実」を食い荒らす当のものだと考える。つまり、比較競争関係の中で、「若さ」という「狼」が出てきて、互いを観察し、心理を分析し、意識的または無意識的な虚栄や謙虚など、密かに神経戦を戦わせ、その結果、勝って優越感に浸れば、他者を傷つけ人間性を『喪失』する、と語り、また負ければ嫉妬心がきざして人間性が歪んで来る、と語る。「純粋・誠実」競争が始まり、「いやらしさ探知機」はフル活動する。これでは勝っても負けても大変だ。しかもそういう人間関係の中で、やはり「純粋・誠実」は最高の価値である。薫くんは、この矛盾に悩んでいた。青春のまっただ中で、キビシく自分を問い詰め、死ぬほど人生悩んでいた。しかし、他方では同じ場に居て、この神経戦を理解できず、無神経に立振る舞うのんき気な奴も居たりして……。

［そして、つまりぼくが思うのは、このような事態、このようなうしろめたさを他の若者に与えるような行為は、やはり一種の「加害者」としての行為ではないか、ということなのだ。つまり、本人は死によって自分のいやらしい「加害者」としての存在を抹殺したつもりであっても、結果的にはその行為自体がまた、「若者いかに生くべきか」という広い比較・競争関係の中で独自に生き続けて、他の若者を傷つけるということがあり得る］

（傍点＝新木）

［ここでの問題は、とにかくいったんこういうことを考えてしまったらもう最後なのであって、このことを知ってしまったら、ぼくたちはもはや簡単に死ぬわけにはいかないということなのだ。何故ならこの、死によって自己否定を貫徹させるということが、結果的には青春の「純粋さ」「誠実さ」という一つの価値レースで他の若者を傷つける効果を持つ、ということを知った上であえてそういう死を選ぶのは、それ自体一つのレースへの「参加」、しかも非常手段による、勝利の最初から決まった形での「参加」ということになるのだから。つまりこれでは、極端に言えば、自己否定でなくむしろ自己顕示であり、比較・競争の拒否ではなくむしろ勝利への執念であり、そして何よりも「他者への愛」を欠いた、或いは復讐心や執念の発露と受けとられてもやむを得ないような不純な「レース必勝法」の感じさえある、と言われてもやむを得なくなるのではないか……］

（以上一四一頁、傍点新木）

一一年前、福田章二さんは『喪失』という小説で中央公論新人賞の受賞の知らせを一人で待っていた時、単に他人事、というよりもっと意地悪い皮肉な目差しで、冷たく空しいような気持で眺めていたことを思い出した。今度、一一年ぶりに庄司薫というペンネームで『赤頭巾ちゃん、気をつけて』（一九六九）という小説を書き（言い忘れたけど、『赤頭巾ちゃん……』の中に度々言葉だけ出てくる「下の兄」というのは福田章二さんのことと思っていいんでしょう）、芥川賞の受賞の知らせを待っていた時は、

「何かが確実に変わっているように思えた。ぼくは、そうやって十一年前の、同じように一人で待っていた時のぼく自身を思いうかべることによって、今のぼく自身の持つ或る柔らかな何か、今ぼくがもし受賞したらぼくはそれをまるで子供のように素直に喜ぶだろうということを、ぼく自身一つの大きな成長のしるしとして感じたのだった。いや、それだけではなかった。ぼくは、ぼくがたとえ「落選」したとしても、今のぼくは、その知らせをほんとうに負けおしみでなくぼくにとっての最善の結果として平静に受けとるにちがいない、ということをはっきりと確認したように思ったのだ。すなわち、たとえ結果がどうであろうと、それは結局ぼくにとって最善のもの以外ではあり得ない、と。／このぼくが、こんな自分自身の気持を確認できてどんなに嬉しかったか、分ってもらえるだろうか。ぼくはこの十一年間を、どうやらムダに過したというわけばかりじゃなかったらしい……。

／やがて、予告どおり八時ちょっと前に電話が鳴り、ぼくの受賞が伝えられた。「お受けいただけますか？」という問いかけに、ぼくは心からの喜びとともに、「はい」と答えた」（二一〇～一一頁）（傍点＝新木）

つまり［結果的には］という「狼」が、［結果がどうであろうと］という風に、牙を抜いて「柔らかく」変わっています。薫くんはこれを、『喪失』を書いて「総退却」した後、「十一年間の成長」というわけだけど、主観的にどう思おうと、客観的には、相変わらず、比較・競争の一コマです。或いは、比較・競争、平たく言えば、優勝劣敗、弱肉強食、生存競争、適者生存、サバイバルレースは常識・常態であって、朝な夕なにやってることで、世間は何も気にしていない、とか。人間は罪深いもので、今日も朝から幾つも罪をおかして来た、とか、ぬけぬけと言う人もいます。（僕もそうとう意地悪で皮肉屋みたいです。）

薫くんの返事の葉書（必ず一回は返事を出すのだそうで、蝶の翼を付けた薫くんが飛んでいる、和田誠風のイラストが描かれていて）にはこういうふうに書かれてありました。

［前略。お葉書拝読いたしました。二枚拝読しました。

まことに快活に「いうを立てて」下さってありがとう。これからもよい作品を書いて貴君を「傷つけ」たいと思います。お元気で］

僕はこれ読んで、嬉しかったです。ああ、薫くんは分っているな、て思ったんです。（この文章はそれへの返事？　という体裁で書かせていただいています。）

二、狼なんかこわくない？

で。今度図書館の読書会が二〇〇回になり、『赤頭巾ちゃん気をつけて』を取り上げたので、四部作、赤、黒、白、青、他を読み返してみたのです。（『狼なんか……』二〇七頁によると、これはつまり縁起かつぎの陰陽五行、木火土金水の四神図で、それぞれ、

青＝青竜＝木＝東＝青春
赤＝朱雀＝火＝南＝朱夏
白＝白虎＝金＝西＝白秋
黒＝玄武＝水＝北＝玄冬

ということで、空間（四方）と時間（四季や一生）を表すわけですね。

中央の黄＝土は？　『狼』がそれかな。動物対応は（黄）狼！　そうだとすると五部作ですね。

土用ごとに、「狼」がやってきてチェックする？

一応作品と刊行年をあげておきます。

『喪失』福田章二　一九五九（中央公論新人賞）
『赤頭巾ちゃん気をつけて』　一九六九（作品内で、一九六九年二月九日のこと）（芥川賞）
『さよなら怪傑黒頭巾』　一九六九（同、五月四～五日）

『白鳥の歌なんか聞えない』　一九七一　（同、三月一九～二四日）
『ぼくの大好きな青髭』　一九七七　（同、七月二〇～二一日）
『狼なんかこわくない』　一九七一
『バクの飼主めざして』　一九七三
『ぼくが猫語を話せるわけ』　一九七八
それから、「恐竜をつかまえた」『文学界』　一九六九年九月号　（受賞第一作）
「アレクサンダー大王はいいな」『新潮』　一九六九年一二月号

あとはエッセイを少し、この他には、何も書かれていないと思いますが（僕があんなこと言ったからじゃないと思いますが）、別のペンネームでゲリラ的に書かれたものが何かありますか。

そうだ、やっぱりこの二十数年間何をされていたのか、気になりますね。人生降りちゃった訳ではないんでしょう。本来犬派だったのに、猫語を話せるようになったとか？　その猫の本来の飼主であるピアニストの中村紘子さんと結婚された（一九七四年）ことは伝え聞いています。ショパンとか弾いてもらったんですか（逆かな）。（僕、今、その中村紘子さんの『HIROKO NAKAMURA PLAYS CHOPIN FAVORITES』のCDを聴きながら校正をしています。そのジャケットには中村さんと猫のレオナルド・ダ・ピッツィカート・フォン・フェリックス、又の名をタンクローが写っています。（中村紘子さんは二〇一六年に亡くなられたことも聞いています）。株や不動産投機したって、本当ですか？　イメージくるうんですけど。最近の写真をネットで見ましたけれど、頭髪が……、僕は五部作のカバー袖に載っている写真ばかり想っていたものだから……。

それともあれですか、「最高」をねらって、傷つき、傷つけ、傷つけられる、なんていうわるい夢はバクにでも食べてもらって（食わせてやれ）、安らかな眠りを眠って椅子とか鉛筆とか灰皿とか猫とか「どうでもいいこと」に入れあげて日々是無事、無事是貴人を生きていくって。それが「最高」の倫理なのだと。うーむ。それはもしかしてランボー的な生き方の変種？　だけど無事を苦しむってのもあるし、退屈は敵だ、ってのもある。

それで僕が思うのは、「狼」はやっぱりこわい、犬・猫の比ではない、ということです。

僕は昔から無人島物語やユートピア物語が大好きなのです。無人島に行くには遭難しなければならない、と思っていて、遭難－難破－漂流－無人島－ユートピアという展開なのですが。僕は（密かに）無人島人を自称したことがあります（が、無人島人のためにはそこが無人島であることを悟られないことが重要なのです）。薫くんのテーマも一つのユートピア幻想だと思います。

さっきも言ったけど、ざっと（ほんとうにざっと）繰り返し言えば、人間にとって純粋と誠実こそは最高の価値である。この純粋と誠実を求め、人生の長期戦を戦い抜くには、それを支える強さが必要なのだけれど、その力を獲得しようとすると、現実のなかで比較競争関係に入り込み、心理的な駆引きや、意識的無意識的な敵意を伴いながら、優勝劣敗、弱肉強食という

「自然の原理」の下に組みこまれ、他者を傷つけることになってしまう。さらに他者を傷つけたということの罪障感から、良心の呵責にさいなまれる。「狼」が出てきて内面を食い荒らす。当初求めていた純粋と誠実を喪失する。これが「喪失」の原理だ。それにもかかわらず、というか、かかわりながら、純粋と誠実は最高のテーマである。さてどうしたらいいか。

これが薫くんのテーマでした。そしてこれは何も若さ・青春だけのもつテーマではなく、人間の一生についてまわる問題であり、人間が一生かかって、朝な夕なにっていうか日常の中で実現していくべき最高のテーマ（倫理）である訳です。

（しかし本当の最高は、純粋・誠実＝他者を傷つけないことを、人間の間だけでなく、生物や無生物の間にも適用しようとして、「存在の革命」を妄想した埴谷雄高さんのテーマだと思いますが。宮沢賢治も同じ問題を抱えていたと思います。）

これはもう完全な袋小路であって、出口はないように思われます。確かに、薫くんは最高（の倫理）を狙っていますね。しかしこの孤高の密室には「狼」が住んでいるのも確かです。最高を求めるまさにそのことが「狼」を生み出している。それはもう、何と言っても、よりましの比較級どころではなく、最上級をめざすというのだから、これは大変だ。メフィストフェレスが出て来て、嫌みの一つも言いたくなるのも当然と言えば当然だ。

メフィストフェレスはこう言ったという。

「あはは、わかった。君は気に入った、お若いの……。君は純粋な恋愛を求め、不誠実を軽蔑して、まず自分であろうと望む風変りな青年だ……。あらゆる悪魔どもにかけて、あなたは最高を狙っていますね」（『狼なんか……』七六頁、『喪失』のエピグラフ）。

そしてこれはゲーテのやつじゃなくて、ヴァレリィのやつだと言うから、大変だ。しかも、「ぼく」は「そうです」とヌケヌケと答えているから、輪をかけて大変だ。（ここにキルケゴール『死にいたる病』から。〔③絶望して、自己自身であろうと欲する場合〕を持ち出してもいい。）

最高に優しい人間は優しくない人間を裁いたりするという皮肉な逆説も出現する。優しさのピラミッドが出来たりする。最高をめざすということには、どこか、荒野（水平的）というよりも、例えば「キリマンジャロの豹」のような（垂直的な）イメージがあります（だって、目指すのは、最高、なんだから）。

普通の人々は、特に最高を求めないからのん気に気楽に生きていけるのかもしれない。どうでもいいことだが、と前置きし、傷つき傷つけ傷つけられながら、まあ多少のことは、いや少々のことはしょうがない（多少と少々とどっちが多いんだろう？）と、お互いさまとか、何だかんだ言いながら、社交術や処世術を身に付け、良い加減のところで（あるいはあつかましく）生きている（居直っている）。適当な妥協点を見出し、出来れば、いや出来るだけ、自分に有利なように、持てる力を駆使する。みんなやってるんだから、ぼくもやる。同じあほなら踊らにゃそんそん。みんなで渡れば（「狼」なんか）こわくない、と。「狼」の牙はぬいてある。犬化してペット同様。さらには、たとえ悪いことをしても、そういう人こそ救われるというシステムもある、大丈夫大丈夫と。まあ、それが人間的ってことなのかもしれない。

しかし、それでいいなら話は簡単、ということなんですね、最高を志した薫くんとしては。つまり、そんな、この問題から逃げるのは犬死以前の犬死なんだと。それこそ「狼」が出てきて大変なことになる。

三、四タイプ

『赤頭巾ちゃん気をつけて』（一九六九）の中で、「エリートの三つのタイプ」という処世術が出てきます。『狼なんか……』の中にもその解説が出ています。でもこれは別にエリートだけに限った話ではない。一般常識人も同じです。

①・ゴマスリ型。
自分が強者であるなどとはおくびにも出さずに、弱者であり、被害者であることを強調し、むしろあいつの方がぼくより強くて、威力がある、と強調する。ぼくなんかとてもとても、と謙遜し、気を使い、忖度し、遠慮辛抱し深謀遠慮しながら、しかし、着実に（権）力は付けていく（僕はこれを「小マゾヒスト」と呼んでいます）。愛される権力をめざす。能ある鷹は爪を隠す。あるいは、それがゴマスリとは思わない人もいる。まだ弱いからいずれ力をつけてというのと、もう負けたのだからというのと、二つある。ただ、「よだかの星」のよだかのように、

ゴマスリも出来ずに飛び去るタイプもいるし、ほんとうにゴマすってしか生きて行けない人もいる。面従腹背というのもある。

②・居直り型

おれは（外面を食い荒す）オオカミだ。強者だ。それがどうした。（権）力への意志は自然の原理なのだ、自然は競争原理でできているのだと言う威張るタイプ。「喪失」の原理なんて、意味分からん。欲望自然主義はこの世界の前提なのだ。お前たちを支配してやる。そのために力を付けてきたんだ。これはリアリズムなのだ。純粋とか誠実とか、そんな世間知らずの子供のようなこと言いたい奴は言うがいい。こっちはそれどころじゃないんだ。むしろ敵が減っていい。そっちはこっちを論外というかもしれんが、こっちもそっちは問題外だ。それに誠実とかいうのは理想にすぎない（おれたちにとって理想というのは、幻想と同じく、否定語だ）。はっきり言って弱者のジェラシーにすぎない。おれは内なる（権）力への意志の命ずるまま、恐れられる権力をめざす。おれの言うとおりにすれば、わるいようにはしない。お前たちも幸せになれる。キビダンゴ一つやるからついて来い。抜き身ギラギラ。ハードボイルドだど、と無邪気なまでのエゴイズム。自然・欲望は倫理に先立つのだし、倫理は欲望を抑圧するだろうが、欲望こそ倫理を制圧する。デリカシーも機微もあらばこそ、欲望の赴くままに、自由に現実を享楽するリアリズム。病的なまでの天真爛漫。強く明るく、ニヒリズム。欲望自然主義（自然て、惨酷なものですね）。

③・亡命型

この世界で生きていくということは他者を傷つけることである。だから出来るだけ人を傷つけないように、自分も傷つかないようにする。無用な競争・摩擦はさけ、マイホームに隠遁して、趣味なんかに凝って、（「狼」じゃなく、また獏でもなく）猫飼ったり、犬飼ったり、控え目にやっていく。それでも（外では企業戦士な訳で）出世して権力持つようになったら、ゴメンネ。居直り型に対する亡命型の決まり文句は、「まいったまいった」です。

なかなか見事な分析です（少し僕の言葉も入ったけど）。もっともどれもこれ程露骨で分かりやすい訳ではないし、たいていの人はＴＰＯを弁えて、この三つを組み合わせて使い分けてる。けど、もう一つある。薫くんの書き方で分かるけど、ゴマすってはいけないし、居直るなんて論外だし、まして亡命なんて絶対いけないのだから。（しかしその論外で絶対いけないことこそ問題なのです。） 第四の型は、しかし、そう簡単ではない。「狼」がいる。

④・理想・挫折型

シュヴァイツァーや宮沢賢治にいかれて、「みんなを幸せにするにはどうしたらいいのか」という理想を抱え、現実に挑み、真剣に悩む（東大生がそんなことを考えているなんて、にわかに信じられないが）。困っている人を放っておけない。「他者への愛」、共同原理、他者救済を志す菩薩コンプレックス。純粋破滅型。

そしてそれにもかかわらず、というか、それゆえに挫折する。人間はもっと素晴らしい、美しいはずだ、と想っていたが、実はそうでもない。世界はそれほど上等には出来ていない。多くは生存競争の現実を受け入れて、鎬を削っている。自分ももう持たない。競争関係に陥り、内面を食い荒す「狼」の出現に脅えだす。その退却戦の仕方に玉砕や沈黙や韜晦や、ゴマスリ型や居直り型や亡命型がある。前の①、②、③は理想挫折の収拾策としてもある訳です。

『さよなら快傑黒頭巾』では、中山シュヴァイツァーの退却戦は、降伏の幸福のペアルックというゴマスリ＋マイホーム亡命型、という感じでした。「みんなを幸せにするにはどうしたらいいのか」と思って東大法学部に入っても、ゴマスリに堕すのは官僚のさだめ、「大蔵省あたりへ入ってつまらん人生送るんだろう」。

『ぼくの大好きな青髭』では、「葦舟」という共同体が作られ、さ迷う若者達を吸収して自由な生活を保証するはずだったけれど、理想とは裏腹に、共同体の内部では直ちに、人一倍働く奴と、自由を満喫し働かないでタカる奴の区別が出来てしまう。負担の不公平感に耐えるのは至難のことで、それは不平不満の原因となり、働くものほど損をするという不信感を生むことになってしまう。これが理想の現実態です。

さらにサカナヤと称する、理想扇動家もいる。夢を描き始めたばかりの若者をおだてあげ、その新鮮さを売り物にして、すぐに、もう古いといって、消耗品のように使い捨ててしまう。捨てられた若者は、自分をもちきれずに人生を狂わしてしまう……。

そこで十字架回収委員会というのが出来ていて、抱え切れない理想や志のために不幸になっている人の十字架を回収して、救い出す、と言う。しかし、これは、（イエスのように）委員会が代わりにその十字架を背負うというものではなく、ただ重荷を降ろさせ、快活な絶望へと路線を変更（転向）させるというものでした。

これは、理想の全否定、理想を持つなってことでしょうか。理想という欲望を持つな。欲望を持つにしても、実現可能なものにしろ。目の前にぶら下がっている人参だけを追え、一〇〇メートルも先のことなど関係ない、と。プラトニズムというか、夢や、真理、善、美、愛、他者救済などという共同原理、理想・ロマンはいずれ抱え切れなくなり、その「不可能」性が不幸の原因なのだから。理想は害毒である。だからそういうのは端《はな》から否定語として、問題外の外に置く。

それって、お釈迦さまの言う、「欲望なんて煩悩じゃ、解脱するよう精進しなさい」というあれでしょうか。そうすると話がくるくる回る感じなんですが、理想型っていうのは、菩薩のようにみんなの幸せを考えていたわけで、それをお釈迦さまが否定するっていうのは、一体どうなってるんだろうか。しかし、解脱したいという欲望ほどすごい欲望はないんじゃないかとも思う。

とにかく「狼」と「オオカミ」が迫ってくる。逃げ場はない。さあ、どうする。

今は力不足だから、将来、力をつけて負債は返す、というモラトリアム戦略を薫くんは提案している。それが自己欺瞞のようにみえても、当面、「狼」を回避するには、これしかない？

これはやはり一つの亡命型でしょう。亡命・挽回型。あるいは居直り・挽回型もある。阿漕に稼ぎまくって、ある日心を入替えて、利他主義に目覚め、社会福祉に資金援助したり、隣人愛の慈善事業をしたり、とか。しかし、負債は増え続けるかもしれない。破産するかもしれない。自己破産。それとも、その頃にはあれはもう遠い昔の話として、忘れ去っている？

けれども自殺は、あまりに純粋で誠実な行為にすぎる。なぜなら、それは「生まれて、すみません」というお詫びにはなっていても、借りは返していない。そして結果的には、自殺しない人に後ろめたさを与えてしまう加害的な行為であり、自己否定にみえて、実は他者否定になっている、と薫くんは言うわけです。

四、原口統三とランボー

『赤頭巾ちゃん……』の初めのところに、由美さんが、「エンペドクレスって素敵ね。世界で最初に、純粋に形而上的な悩みから自殺したんですってね」と、薫くんに電話で話すシーンがあります。これがこの『赤頭巾ちゃん……』のテーマの一つだと思います。

そこで、僕は、あの、やはり、「純粋に形而上的な悩みから自殺した」原口統三（一九二七〜四六）のことを思い出してしまいます。原口は、一九四六年一〇月二日、赤城山の森の家にて自殺未遂。ブロバリン四グラムを服用したが、目を覚ました友人（橋本一明）に見つかって

（腹を打たれ）、結局全部吐かせられ」た（書簡一七、橋本一明の解説）。その後、「十月二十五日夜、神奈川県逗子海岸において投身」したのだけれど、それはランボーより男らしく、「人生そのものを芸術とすること」（I－一）だったのでしょうか。

（福田章二（＝庄司薫）さんは当然彼のことをご存知のはずです。学校の一〇年先輩ですから。それとも、薫くんは、「このぼくの見方は（少なくともぼくが知る限りでは）、それまで誰もはっきりと言ってくれたことのないもの、おそらくはみんなたとえ気づいていてもあからさまに口に出して言うことを避けてきたようなもの、に思われたからだ」（四三頁）と言っているから、知らなかったのかな？）

『二十歳のエチュード』（角川文庫）から少し引用してみます。原口は次のような、きつい、アフォリズムを並べています（僕が受信した言葉たちです）。

「傷のないところに痛みはない。僕にとって、認識するとは、生身を抉ることであり、血を流すことであった。今、僕の誠実さの切尖が最後の心臓に擬せられたからとて、僕は躊躇《ためら》うだろうか」（I－二）

「何故なら、「明晰さ」、は僕においては「潔癖さ」の度合いによるものだ。そして、僕の純潔とは、潔癖な自意識を最も忠実な使者とする、「精神の肉体」と名づけられるものへの形容詞であった」（I－二〇）

「しかし批評することは、どこまで行っても自己を許すことである。つまり自己自身を批判する最も厳しい眼をもつことは、生きている間は不可能である。／ここまで到達した後に僕は死を決意した。僕は「より誠実であろう」とするものであって結果を恐れるものではない。僕はどうしても自分を許せなかったのだ」（Ｉ‐一二四）
〔人間によって生み出されたものが人間を支配する。／現代人は己惚れた奴隷である。／ニーチェ以来人類は「貪欲」を肯定している」（Ｉ‐三九）
〔「たえざる、ねばならぬ」とは、「絶えず『許容』と『妥協』を排して進むこと」であり、「より明晳になること」だ」（Ｉ‐一〇六）
〔思想とはついに趣味の問題である」（Ｉ‐八三）
〔純潔。――この最も凶暴な自我主義」（Ｉ‐一二五）
〔無垢。――この壊れやすい僕の唯一の金剛石」（Ｉ‐一六三）
（原口『二十歳のエチュード』角川文庫、一九五二。数字は角川文庫版「エチュードⅠ、Ⅱ、Ⅲ」に付された番号。ちくま文庫版『定本　二十歳のエチュード』二〇〇五、にはない）
「純潔」、「誠実」、「無垢」。純粋精神の求める価値がやはり列挙されています。薫くんの言う「純粋さ、誠実さ」に相当するはずです。原口は純潔をめざす明晰な精神がもたらす論理の帰結に、体をかわさなかった。彼には不断に「ねばならぬ」が存在した。彼は純粋破滅型だから。
〔自分の持ち場を離れなかったために、落ちて来た煉瓦の一片で命を失った大工。／僕の自殺もこんなことになるのだろうか」（Ｉ‐一三七）というのも、

「原口は人生に最初から失恋して生まれて来たような男だったよ」（I－五七）

というのも、言えてるかもしれない。

何も死ぬことはないじゃないか、という意見には、

「救済を必要とせぬ、あの健康な生きている人々を祝福しよう」（I－一七一）

と、いや（み）なことを言っている。しかし僕は、ニーチェのような（権）力への「貪欲」はいかがなものかと思うけど、この世の中に死ぬほどのことなど何もない、と思います。

原口は「結果的には」とか、「結果がどうあろうと」とかは言わず、「結果を恐れるものではない」と言っています。この「結果」は死を恐れないこと意味していると思いますが、薫くんは、その「死」でさえもが結果的に持ち始める優越感、言い換えると不純さを問題にしている訳です。

誤解はないと思いますが、原口のいう「純潔」は、アルチュール・ランボー（一八五四～一八九一）の次のフレーズから来ています。

「おお、純潔よ！　純潔よ！

この束の間の眼覚めの時こそ、ぼくに純潔の幻をあたえたのだ！

――精神を通じて、人間は神に至る！

胸も張り裂ける不幸！」（「不可能なこと」『地獄の季節』清岡卓行訳）

因みに清岡卓行（一九二二～二〇〇六）は原口より五つ年上で、大連一中、旧制一高の仏文

と、同じコースを進み、原口に「ランボオこそは君。ぴんからきりまで男の中の男ですよ」（Ｉ－一七九）と言っていた。また「私〈清岡＝注〉が驚くのはあのランボオですら、一冊の本を書かずにおれなかった、という事実なのだ」と語っていた、と原口は語っている。原口は、「俺の命の分身、この曾て創造されたことのないすばらしい日本語」を書きつけたノートを一旦は焼いてしまい、「遂に何の表現も残さずに俺は世を去るのか」と語り、「だがみんなセンチメンタルな観想さ。今朝の太陽と一緒に俺の詩も創作もみんな忘れちまったよ」（橋本一明「跋に代えて」）と突き放していたのだけれど、原口はまた改めて書いた「エチュードⅠ、Ⅱ、Ⅲ」のノート二冊を橋本一明に遺した。原口もまた、一冊の本を書かずにおれなかったのでした。

ランボーは「東の間の眼覚め」がもたらした「純潔の幻《ヴォワイアン》」＝イルミナシヨンをキリスト教に還元しませんでした。彼は己の幻視を信じたのです。

そして、しかし、「純潔」、「誠実」、「無垢」、これらはもうこの世では「不可能 impossible」なのです。この世の言葉ではないのかもしれない。

「故郷はない。それなのに、僕は故郷以外の土地には住めない人間なのだ」（Ｉ－三〇）

ランボーや原口の故郷はどこか異次元にあって、この世に間違って生まれてきたのかもしれない。

たしかにすったもんだ、きったはったの世界は彼ら向きではない。目には目を、とか、生きよ堕ちよ、とか、ハードボイルドだど、とか、つまり他者を傷つけることは、彼らにとって、論外で絶対いけないことだったのです。彼らも「倫理的な生まれ」だったのです。（しかし、彼ら〈清岡や原口ら〉は満州の大連で暮し、「植民地の子供である」（Ⅱ－二〇）自覚がありながら何の問題も感じていない所が不思議である。「大連よ、アカシアの芳烈な花々に満ち溢れた六月の植民地よ」（Ⅲ-五一）などと美化している。ロシアが築いた町ダルニーだから、たしかに美しい異国情緒の漂う町並みだったろう。しかしそこは侵略戦争で獲得した植民地であった。勝ったらオレのもんだという思想は、彼らとは相容れないものであるはずだ。）

『赤頭巾ちゃん……』に戻りますが、初めのところに、由美さんが「エンペドクレスって素敵ね、世界で最初に、純粋に形而上的な悩みから自殺したんですって」と電話で話すところがあります。薫くんは、「それは例のイオニア派のあれだな。万物は火と風と水と土でできていて、愛と憎しみの力でくっついたり離れたりするって言ったやつだ。受験生の常識問題で、まあ、八百屋がキャベツ売るようなものだ」と、ことの本質を避けた、というか、軽くいなした、つまり「体をかわした」のでした（仏教では、五大は、下から、地・水・火・風・空なんだ、それを形にしたのが五輪塔で、元はステューパで、つまり卒塔婆で、五重塔も同じ意味なんだ、とか、中国では陰陽五行は木・火・土・金・水で云々とかつまらない古代哲学をひけらかさなかったのは（いや、つまらなくはないか）、この場合賢明でした）。信念という危険なものから「体をかわし」、単なる教養としておいて安全圏に逃げ出す。「狼」は檻の中に閉じ込めておく。

エンペドクレス（前四九三ころ～前四三三）がヴェスヴィオスの火口に身を投げた時、あとにサンダルがきちんとそろえてあった、というのも、かれの几帳面さ、真面目さ、潔癖さを物語っていて、そういう性格の人は往々にしてこの問題に取り付かれる。しかしこの「狼」問題はさしあたり深入りしない方がいい。純粋精神の系譜の元祖も敬遠のフォアボールで（なんならデッドボールで）かわしておこうと。『白鳥の歌なんか聞こえない』で言うように、それは「あまり深くみつめすぎてはいけないいようなもの、あまりにも心をそそぐことがぼくたちの生きて行く力そのものを損なうようなもの」だから。

確かに、太陽と死はまともには見つめられない（ラ・ロシュフーコー）、ですから。けど、見つめない目は駄目になる。

しかし、原口は深く見つめたのです。そうして見えたのはやはり、「朝な夕な」にっていうか、普段から不断に行われている戦争・競争だったのです。

「ランボオは、精神の最も純粋な風影を一瞬みた後に、「母なる大地」にかえって来た。もはや、認識の刃を捨てて、「黙々と働くこと」「生きること」だった」（原口Ⅱ－五四）

精神の最も純粋な風景＝純潔の幻を一瞬視た（ヴォワイヤンによるイルミナシオン！）後、己の思い描く理想の「不可能（impossible）」を知り、胸も張り裂ける不幸を知り、ランボーは、理想挫折沈黙してしまった。人間は可能存在というより、不可能存在だった。ランボーは、理想挫折亡命型ということになる。ランボーの現実は、理想との落差において自然・社会の地獄を生きていくことだった。地獄は一定すみかぞかし。おれは一人の修羅なのだ。ここは地獄だ、生きて出られぬ、と。ランボーは「刃を捨て、昂然と廻れ右をして立ち去った」(I-4)。エチオピアやアデンでモカ・コーヒーや武器を商い、地獄を地獄のまま「黙々と」生きていく。

そして原口はこんな言葉も書き残している。これはつまり、マイホーム亡命型です。

「もし、僕が生きるとしたら、――こんな仮定は何にもならない――僕は最も良い「家庭の人」の一人として暮らすだろう」(I-一二二)

僕は今この文をワープロで買い手いますが(書いて、なのに、まず、「買い手」が出て来た。大体ワープロっていうのは、生活派というか経済派というか、俗物ですね)、今の引用文野中の「仮定」野ところで変換キーをお酢と、まず、「家庭」が出て来たので「仮定」に直しました。次の「家庭」のところでは、まずさっき変換した「仮定」が出て来ました。つまりこうです。

「もし、僕が生きるとしたら、――こんな家庭は何にもならない――僕は最も良い「仮定の人」の一人として暮らすだろう。」

もしかして、こっちのほうが含蓄がある? (してみるとワープロもなかなかのテツガク社じゃないですか)。これはつまり降伏の幸福のペアルックからのマイホーム亡命型です。「そんな家庭は何にもならない」か。厳しい言葉だな。「仮定の人」というのは、将来力をつけて負債は返済するってことだろうか。モラトリアム?

五、三タイプ

ところで、ぼくも、人間のタイプを三つに分けて考えたことがあります（拙著『宮沢賢治の冒険』参照）。簡単に言うとこんな感じです。

①・サディスト－小マゾヒスト

自然・現実は弱肉強食・優勝劣敗の厳しい世界なのだ。自然に帰れとか、自然を守れとか、自然のままにとか、簡単に言うけれど、自然は惨酷なものなのだ。ヤワなことを言っていては、落伍してしまう生存競争の世界なのだ。自由・競争の人。支配する自由。威張るタイプ。おれはオオカミなのだ。大きな夢＝建国神話をでっちあげ、力まかせに権力を振り回そうとする。世界はおれの思い通りのものなのだ。逆らう奴は弾圧する（これは右は左を、左は右を、なんです）。おれの権力はカミに授けられたものなのだ、と。「いわれなき神」の誕生。これは居直り型に当たる。信長タイプ。

現実追従的上昇志向が信条で、強く、明るく、逞しく、軽く、楽しく、勇ましく、小ずるく、小賢しく、厚かましく、あざとく、阿漕に、浅墓に、今ここ（no-w-here）を生き、現世利益＝小さな夢の実現を求める。利益誘導にのり、欲しいものを欲しいと言い、ペコペコ稼いで、使う時威張る。欲望自然主義。

昔、ギリシャに、触るもの全てが金になるという力を持ったミダース王というのがいたけど（彼の耳は驢馬の耳だったというのは、今ではもう誰でも知っている）、彼は飢え死にしたんだったか、その力を解いてもらったんだったか。現代は触るもの全てが金になる乱ーす王が跋扈している。（今の面白かった？）。

いまは「傘がない」から無理でも、いつかきっと夢はかなう。探すのを止めた時、見つかるかも知れないし、前向きに、プラス思考で生きて行こう。そしてそれが結果的に他者を傷つけることになっても、多少のことは仕方がない。就職するためには髪も切らねばならないし、バリバリのロッカーだったのに、会社の宴会では演歌だって歌う。彼には賢治の言葉なんて「ワカンナイ」（井上陽水）だろう。

立身出世のために、上司・社長・首相の意向を忖度し、想像力を働かせ、自分がそれになったような気持ちになって、相手の立場になって、空気を読み、気を使い、顔色を見、機嫌をとり、慮り、諂い、取り入り（一つ下さい、お供します）、一を聞けば六、七くらいは分かり、「たばこ」って言われれば、「マッチ」と「灰皿」も持って行く。言いなりになった方が出世する。妥協してうまくやる。つまり処世術。

これを正しいマゾヒストと区別して小マゾヒストと呼ぼう。いつか伸し上がってサディストになる。秀吉タイプ。忖度して成り上がった者は、他者にも忖度を求める。いや、求められるまでもなく、自発的にやっている。現実追従的上昇志向。小マゾヒストはゴマスリ型に当たる。

パンとサーカスで手なずけ／手なずけられる。上昇に失敗しても、小市民は難しいことは分からないし、パンとサーカスがあって、のんびり、たのしく生きていければ、あえて苦しいこと危険なことをしようとはしない。必ずしも屈従感はない。小マゾヒストとサディストとは同じ階段の上下両端で、上昇志向、立身出世とは、初め自分が奴隷根性を発揮し、次に他者を奴隷根性に追い込む階梯のことです。「いちめんのいちめんの諂曲模様」（宮沢賢治「春と修羅」）。人間はそれほど上等にできては居ない。えっ。

ユートピア幻想というのは誰でも抱くものでしょうが、それぞれの意見がぶつかって、すったもんだ、きったはったがあって、オレの言う通りにしろということになると、逆ユートピア（dystopia）が出来する。ディストピアには二種類あると思います。

①アメ型　A・ハクスリーの『すばらしい新世界』（一九三二）型。人間は「孵化条件づけセンター」で造られる。「αの子は頭がすごくいい、γはバカだ、私はβでよかった。（さらにδは…、εは…）」という階級社会。不平不満には一グラムのソーマ（麻薬）。愉しく、仲良く、いい人になって、「ソーマの休日」。もちろんこんな国家社会に反逆する人物が現れて物語は展開する訳だけど。

②ムチ型　G・オーウェルの『一九八四年』（一九四八）型。戦争は平和、自由は隷従、無知は力、という二重思考。思考警察による監視、密告、弾圧、圧政の強権社会。こちらももちろん反逆する人物が現れて抵抗するのだけれど……。

まずは大盤振る舞いでアメ型社会をつくり、パンとサーカスで民衆を手なずける。パンというのは経済。仕事や給料アップ、トリ(ッ)クルダウンのトリックなどを与えて(一つ下さい、お供します)、民衆を釣る(よく釣れる)。つまり逆兵糧攻めですね。サーカスは娯楽。プロ野球、映画、読書、『笑点』などを与え(僕の好きなやつです。娯楽がゼロって訳には行かないでしょう。しかし、パチンコの何が面白いんだ)、オリンピックやワールドカップでナショナリズムを煽り、民衆の支持を得る。退屈は暴動の元。「ローマの休日《ローマンホリデイ》」(オードリー・ヘップバーンのやつじゃなくて、古代ローマ(のコロセウム)で、ローマ市民が、奴隷やグラディエイター(剣闘士)やキリスト教徒や猛獣を戦わせ、殺し合いを見物して楽しんだやつ)も、「ソーマの休日」も用意されている。

もちろん次の段階へのステップは着実に準備していて、秘密保護法や安保法(集団的自衛権の容認)、共謀罪法はもう出来ており、時期を見て改憲し(これが本題。何兆円かかろうがやりとげる気だ)、断崖に向かってひた走り、その先には(財政)破綻が待ち受けている。そうしてムチ型社会に移行し、監視、密告、弾圧、圧政の(戦前型)強権社会-ディストピアが出来上がる。

うき世かな　パンとサーカス　アメとムチ(一句)。

ちょっと参考までに、ラ・ボエシという人の『自発的隷従論』を聞いてみます。

「人はまず最初に、力によって強制されたり打ち負かされたりして隷従する。だが、のちに現れる人々は、悔いもなく隷従するし、先人たちが強制されてなしたことを進んで行なうようになる。（略）生まれた状態を自分にとって自然なものと考えるのである」

「戦勝の権利によって王国を獲得した者たちは、「彼らが征服地にいる」ことを人にはっきりわかるようにふるまう」

「（略）圧政者のまわりにいるのは、こびへつらい、気を引こうとする連中である。この者たちは圧政者の言いつけを守るばかりでなく、彼の望む通りにものを考えなければならないし、さらには彼を満足させるために、その意向をあらかじめくみとらなければならない。彼の命に従って働くために、自分の意志を捨て、自分をいじめ、自分を殺さねばならない。彼の快楽を自分の快楽とし、彼の好みのために自分の好みを犠牲にし、自分の性質をむりやり変え、自分の本姓を捨て去らねばならない。彼のことば、声、合図、視線にたえず注意を払い、望みを忖度し、考えを知るために、自分の目、足、手をいつでも動かせるように整えておかねばならない」（エティエンヌ・ド・ラ・ボエシ『自発的隷従論』一五四六年か一五四八年に書かれた、山上浩嗣訳、ちくま学芸文庫、二〇一三）

よく見かける光景です。典型的な「ごますり型」小マゾヒストですね。ラ・ボエシ（一五三〇〜一五六三）は、

「はたしてこれが、幸せに生きることだろうか。これを生きていると呼べるだろうか」

と続けるんですけど、彼はルネサンス後期の人で、ギリシャ・ローマのウェルギリウス、ホ

メロス、ヘロドトス、プルタルコス、プラトン、アリストテレスらの叙事詩・歴史書・哲学書を読みあさり、つまり今からおよそ四、五〇〇〇年前のことをネタにしてこの本を書いた訳です。それは当時（一六世紀）も、今も有効なのです。古今東西、有効なのです。ギリシャ悲劇もシェークスピア（一五六四〜一六一六。これ、ご存知のように、ひとごろし、いろいろ、って憶えるんですけど、日本は戦国時代で、徳川家康（一五四二〜一六一六）と同世代人。受験勉強的教養も時には役立つことがある訳です。それは兎も角、家康は一体、何（十）万人殺したんだろう。一人殺せば殺人犯だけど、百万人殺せば英雄だそうだ）も、今も有効なのです。人間性は変わっていない。中国は四〇〇〇年の歴史だそうだけど、人間はみんな同じ、どこも同じ、いつまで経っても同じことなのだ（これって絶望ですかね）。民衆（被支配者。片目を潰された奴隷＝『漢語林』による）は王様（支配者）が欲しいのだろう。できれば善い王様を。要するに、歴史とは戦争の歴史であり、つまり恥の歴史である、と。

も一つは、勝ったやつらは「彼らが征服地にいることを人にはっきりわかるようにふるまう」訳だけど、沖縄で、横田で、米軍が傍若無人で、日本がアメリカの言いなりなのは、勝ったのはオレで、お前ら負けたんだってことをハッキリさせているということなのでしょう。

つまり、あれから四、五〇世紀！　経っても、「事柄の核心をめぐっては何一つ変わらない」、従って何も言うことはない、と。あるいは、言っても言っても同じことの繰り返しだ、いつまでたっても同じことなのだと。嗚ー呼。

ここでめげたら二次被害、って誰かが言ってましたけど。

②・マゾヒスト

他者を傷つけることに罪障感を抱く。気が弱い。故に倫理的。自然・現実は（サディストが威張り散らす）こんな風だけれど、もっと違う在り方があるはずだ、「みんなを幸せにするにはどうしたらいいのか」と理想を思い描く。その理想実現のために現実に挑み、苦悩する。情熱＝パシヨン＝受難の人。自由・平等・博愛の人。支配する自由からの自由。菩薩（慈悲）やイエス（隣人愛）のように。宮沢賢治のように。薫くんの理想型に相当するようです。あの、パンダとゴリラは、立派な牙を持ちながら、草食なのです。この屈折がたまらない。

③・ペシミスト

他者を傷つけることの罪障感はマゾヒストに劣らない。気が弱い。ゆえに倫理的。自然・現実はこんな風で「オオカミ」だらけだから、これはもうどうにも仕方ない。未来は先が見えている。「不可能」だ。しかも自分自身が「狼」であり、同時に「オオカミ」であることも分かっている。せめて自分だけは出来るだけ他者を傷つけず、桃源郷はマイホームとでも思って、社会の片隅に隠遁し、ひっそりと生きて行こう。亡命型に相当する。理想挫折亡命型もいる。

もちろん実際にはこんなに分りやすく分れている訳ではなく、いろいろ組み合わせて使い分けているのは薫くんの分析と同じです。

この広い広い荒野の中で、夢を描いて立ち上がった人たちが、「不可能」を知り、ある日諦めて引き下がり、破れた夢を抱えながら、黙ったまま撤退していく。これは人間の世界で常に繰り返されているパターンであるように思います。物事には何でも春夏秋冬があり、青春の元気も白秋には枯れてしまう。

しかし実を結ぶこともある。一粒の麦として。冷暖房は部屋を限って有効なように、その事象の持つエネルギーの質・量というものがある。それは一隅を照らすほどのものかも知れないが、そこでは十分涼しく暖かい。

たとえ小さなことでも、理想のために犠牲になった人を、人々は、超越性のなかに祭り上げてしまうことになる。これが、おそらく、理想・ロマンが引き継がれる原因です。ただし、犠牲にならなかった場合、かれはスターになり、英雄として権力を握り、サディストとして立ち現れ、元の木阿弥となる。

そして最初に戻るけど、それでも、事態の核心は何一つ変わっていない訳です。

思えば、釈迦（かれはペシミストだ）がいまだに有効だったり、イエス（かれはマゾヒストだ）がいまだに人々を救ったり、老子（その道教の部分はサディストだ）がいまだに人々の心を納得させるというのは、皮肉なことです。四半世紀たとうが、何千年たとうが、人間の心性は何も変わっていない、変わらない、ということであり、つまり、問題は解決しないということであるからです。バトンは引き継がれても、問題も引き継がれ、何一つ変わらない。これは一体どうしたことなんだろうか。世界はそんなに上等にはできていない⁉　えっ。

それは、おそらくこの世界に求めようとしても無理なことで、文字通りどこにもない「ユートピア」なのでしょう。桃源郷は、やはり自分の心の中で育てるしかない。自分の生き方を貫くしかない。

有史以来（！）、人間はさまざまに努力して、理想をバトンタッチしてきた。確かに科学や技術や社会は進歩もしてきた。しかし、それゆえに複雑になってきたところもある。そして心の方は相変わらずの問題を抱えたままだ。そこが渡世人のツレーところなのだ。それを言っちゃおしめーの、言っちゃいけないその一言。そのまわりで人々は気遣いや思いやりで、生きている。

六、赤頭巾ちゃん、気をつけて

庄司薫くんが、銀座でもう本当にだめになってしまいそうになっていたとき、一人のカナリヤ色のコートを着た女の子（五歳くらい）が、薫くんの一番痛いところを踏んづけてしまい、（すっかり言い忘れていたけど、いや、いつ言おうかとずっと思っていたんだけど、薫くんは東大入試が中止になり、一九六九年二月九日、つまり（他大学の）入試申し込み期限の前日、大学には行かず自分で知性を育てることにしたが、スキーのストックを左足でけっとばして、親指の爪をはがしてしまい、長靴はいて、（何かがあったんだろう）変な女医さんのいる病院に行ったりしていたのだった）、その一番痛いところを踏まれたら（その痛さはカナリ（ヤ）のものだった）、オオカミが出て来たかも知れなかったのに）、そのあと、その女の子が（邪気の無い、無垢な瞳で、――そんなものはない、と言われそうですが――）ものすごく優しく気遣ってくれたのが嬉しくて、一緒に『赤頭巾ちゃん』の絵本を買いに行って、それでなんとか生き返ったように（簡単に言ってしまったけど、このあたりの叙述はさすが芥川賞という感じで、二読、三読すべき所です）。そのなんといふか、なんともいえないそのこと。ある時、ふうっと現れてくる、その暖かい何か。それを己の心の中で育てていくしかない。

現実と理想

むかしあるところに一本のりんごの木がありました。
木には八個のりんごの実がなっていました。
そこへねずみくんがやってきました。
あのりんごがたべたいな、とねずみくんは言いました。
①とりくんがやってきて、りんごを一つとって食べました。
②さるくんがやってきて、木に登り、りんごを一つとって食べました。
③ぞうくんがやってきて、鼻を伸ばし、りんごを一つとって食べました。
④きりんくんがやってきて、首を伸ばし、りんごを一つとって食べました。
⑤カンガルーさんがやってきて、ジャンプして、りんごを一つとって食べました。
⑥さいくんがやってきて、体当たりして、落ちたりんごを一つとって食べました。
⑦⑧あしかくんがやってきました。ねずみくんは、あしかくんと協力して、サーカスのように木の枝に放り上げてもらい、二つ残ったりんごを分け合って食べました。

これは『りんごがたべたいねずみくん』（なかえよしを作、上野紀子絵、ポプラ社、一九七五）という絵本のあらましです。この話はこれでおしまいですが、僕の話はまだすんでいません。そもそもこんな、それぞれの特技を生かし、一人一個ずつ取り、弱いものは協力して目的を達成して分け合うなんて理想的な話はめったにあるものではない。子供向けにはこうでなくてはならないかもしれないが、現実は厳しい。いや、それよりも、さるくんはねずみくんに一つ取ってやればいいじゃないか、と疑問に思ったのが、僕の話の始まりです。

も一つ、ねずみは木に登れないのか、という問題もある。たるいしまこ・さく「おおきなあかいりんご」（『こどものとも0、1、2』二〇〇一年一一月一日号、福音館書店）では、くまさん、リスさん、からすさんが一つずつ持っていき、四番目にねずみさんが木に登って一つ持っていきました。もう誰もこなくて、りんごは自然にぽとんと落ちました。それをありさんがみんなで持っていきました、ということである。ねずみは木にのぼれるんだ、なーんだ。

それはともかく、まあ次に、「『りんごがたべたいねずみくん』における政治・経済学と倫理学」というのを、僕なりにやって見よう。いや、学ってほどでもないけど。話は様々な展開の可能性を秘めている。どの時点で誰がやって来るかが問題だけど、例えば21のヴァリエーションを僕は考えてみた訳です。

1・さるくんは、ねずみくんにも一個とってあげたが、あとの七個は自分のものにした。

2・いや、さるくんは、（権）力への意志をフルに発揮して全部取ってしまい、ねずみくんに、家来になるなら、一個あげるよ、と言った。ねずみくんは、一つ下さい、おともします、と言った。

3・ねずみくんはさるくんから、りんごを一つ買って食べた。

4・ねずみくんはさるくんにお金をやって家来にし、りんごを全部とらせて、一個だけあげた。

5・ねずみくんはみかんを持っていて、さるくんのりんごと交換する。

6・ねずみくんは梯子を持ってきて、木に登ってりんごをとった。

7・ねずみくんはナイフを持ってきて、一つ（あるいは全部）寄越せと、さるくんをオドシた。

8・さるくんはりんごを独り占めして、ねずみくんに小さな堅いりんごを投げつけて殺してしまう。そして、ねみちゃんが復讐に立ち上がる。あしかくんが助っ人になって。

9・ぞうくんはりんごを全部一人でむしゃむしゃ食べてしまった。ねずみくんを踏み付けたのにも無頓着で。

10・さいくんが体当たりすると、りんごが全部落ちてしまって、ねずみくんが一つもらおうとしたら、さいくんはねずみくんにも体当たりしてぶっとばしてしまった。

11・やってきたのはこの木の持ち主だった。「誰だ、おれのりんごを食べたのは？」「僕じゃない！」

12・りんごが食べられないねずみくんは、「木の上のものなんかぼくの欲望の対象ではない。興味も意味も価値も無い。ぼくの環世界《ウムヴェルト》の埒外のものだ。」はばかりながら、ぼくは、名にし負う根住みくんだぞ」と言った。けれども心の中では、あれはうまそうなりんごだったなあ、と繰り返し思った。

13・それは禁断のりんごで、食べると善悪と死を知るようになるあの毒りんごだった。りんごを食べたみんなは人生悩み始めた。私はなぜ（why）、今ここ（no-w-here）ここに居るのか？ To be or not to be?（人生、生きるに値するか、否か？）

14・ねこくんがやってきた。りんごじゃなしに、ねずみくんを食べてしまった。

15・あしかくんとねずみくんは二人で協力して取ったりんごを分け合ったんだけれども、ねずみくんがとった方のが、少し大きくて甘いりんごだった。

16・オオカミがやってきた。一声吠えるとみんな逃げ出して独占した。

17・一人が一個ずつ、全部食べた後、うさぎさんがやってきて、わたしのは？ と言った。

18・ぼくだったら、どうしよう。「えっ、貰っていいの。ほんとに？ じゃ、一個だけ」

19・きみがやってきました。どうします？

20・ねずみくんととりくんとさるくんとぞうくんとときりんくんとさいくんと持ち主とねこ

くんとあしかくんとうさぎさんときみとぼくが、一時にやってきました。どうなったと思いますか?

まだ他にも色々なケースが考えられると思うけど、後は自分で楽しんで（苦しんで?）みて下さい。

欲望の形は様々です。欲望に応じて(環)世界は形作られる。世界は私の表象である、と言った人がいましたが、これは、世界は私が思ったところのものである、ということです。これを受け継いで、世界の意味と価値は私（主体）の解釈のうちにある、と言い換えた人もいます。この「私」を詳しく言えば、欲望＝生のエネルギー＝「(権) 力への意志」ということになる。欲望の現在化には性格的な差異があって、どれが正しい解釈とかいうことはないわけで、それは自由と民主主義の基礎でもあるわけです。気の弱い者はそれが欲しいと言えなくてうじうじしているし、気の強い奴は、欲望のおもむくまま、やったもん勝ちだ、世界はオレの思い通りのものだ、とサディスチックだし、欲望と欲望は衝突して、権謀術数をめぐらし、Aの自由はBの抑圧だったりする。

反対に、そんなものはボンノーじゃ、ゲダツせよと言う人もいます。曰く、

21・むかしないところに一本のりんごの木がありませんでした。木には八個のりんごの実がなっていませんでした。そこへねずみくんがやってきませんでした。あのりんごが食べたい

な、とねずみくんは言いませんでした……。

……しかし、そんなこと言ったって、あるものはあるわけで、身体＝欲望も、その対象もあるわけで。そんな両極端ではなく、中間で揺れているのが一般人というものだと思う。できればあんまり欲張りでなく、足るを知る、というようなことを僕は考えたりしているんですが。現実は厳しいけれど、理想の在処を忘れることなく、現実追従にはなりたくない、というふうに、僕は思っているのですが。

あとがき

新木　「こんな事をして何になるんだ、って思えてしょうがないんです」
梶原　「世の中、そんなことばかりですよ（笑い）」
これは、ある日の梶原得三郎さんとの電話での会話です。ただ、（笑）の中にはそれでもやるぞ、一人でもやるぞ、という意志が感じられて実際一人でもやっているし、僕はうれしかった。でも、ここまで生きてきて、ここがどんなところか大体分かってきて、（ここはこわいところです）、否、初めから分かってましたが、元々こわがりで引っ込み思案の僕のことだから、シューカツとしては、こんな事でもしないことには、終るに終われない、という感じなのです。僕も何か書き残さずにはいられない性格のようです。これも僕の独所の音です。
また、前作『田中正造と松下竜一』を渡良瀬川研究会の赤上剛さんにほめてもらった（町田市立自由民権資料館紀要『自由民権』二〇一六年三月三一号）こともあって、マンデリシタムの言う「投壜通信」はどこかに届くと思えて、勇気が出てきた。また、石原の『望郷と海』が鹿野登美さんの手に届いたように、そんなこともあるんだ思えた。そもそもここに取り上げた人たちの本、言葉が、僕に届いた訳だから。それで、もう一度書くことにしました。

石原吉郎も庄司薫も、若い頃に出会って、僕のテーマと共有する所があって、ずっと引きずってきた作家です。一九九七年に書いておいたものに、今回二〇年（！）ぶりにかなり加筆しました。

今回も梶原さんに、校正かたがた読んでいただきました。また海鳥社の西俊明さんにお世話になりました。

二〇一八年五月

新木安利

新木安利（あらき・やすとし）
1949年，福岡県椎田町（現・築上町）に生まれる。北九州大学文学部英文学科卒業。元図書館司書。1975年から『草の根通信』の発送を手伝う。
【著書】『くじら』（私家版，1979年）『宮沢賢治の冒険』（海鳥社，1995年）『松下竜一の青春』（海鳥社，2005年）『サークル村の磁場』（海鳥社，2011年）『田中正造と松下竜一』（海鳥社，2017年）
【編著書】 前田俊彦著『百姓は米を作らず田を作る』（海鳥社，2003年）『勁き草の根　松下竜一追悼文集』（草の根の会編・刊，2005年）『松下竜一未刊行著作集』全5巻（海鳥社，2008年－2009年）

石原吉郎の位置

■

2018年12月7日　第1刷発行

■

著者　新木安利
発行者　杉本雅子
発行所　有限会社海鳥社
〒812－0023　福岡市博多区奈良屋町13番4号
電話092（272）0120　FAX092（272）0121
http://www.kaichosha-f.co.jp
印刷・製本　九州コンピュータ印刷
ISBN978-4-86656-041-0
［定価は表紙カバーに表示］

海鳥社の本

宮沢賢治の冒険　新木安利

食物連鎖のこの世の「修羅」にあって，理想を実現するために受難の道を歩んだ宮沢賢治の文学世界を読み解く。また，賢治，中原中也，夢野久作の３人の通奏低音を探ることで，人間存在の根源に迫る。

四六判／360 頁／並製／2427 円　ISBN4-87415-113-2 C0095

松下竜一の青春　新木安利

家族と自然を愛し，“いのちき”の中に詩を求めつづけたがゆえに“濫訴（らんそ）の兵”たることも辞さず，反開発・非核・平和の市民運動に身を投じた，松下竜一の初の評伝。詳細年譜「松下竜一とその時代」収録。

四六判／378 頁／並製 2200 円　ISBN978-4-87415-531-8 C0095

田中正造と松下竜一　人間の低みに生きる　新木安利

足尾銅山鉱毒事件、豊前環境権裁判。〈民衆の敵〉とみなされながら、虚偽の繁栄を逆照射した２人の生き方を探る。松下竜一の文学と活動、田中正造の生涯をたんねんに辿り、同調圧力に屈せず、〈人間の低み〉を生きるとは何かを問う。

四六判／438 頁／並製／2500 円　ISBN978-4-86656-002-1 C0026

サークル村の磁場　上野英信・谷川 雁・森崎和江　新木安利

1958 年，上野英信・谷川雁・森崎和江は筑豊に集い炭鉱労働者の自立共同体・九州サークル研究会を立ち上げ，文化運動誌「サークル村」を創刊。そこで何が行われたのか。サークル村の世界を虚心に読み説く。

四六判／319 頁／並製／2200 円　ISBN978-4-87415-791-6 C0095

さかなやの四季　梶原得三郎

松下竜一らの豊前火力発電所の建設反対運動に参加し，逮捕，起訴され職を失うと行商の魚屋を始めた著者。この日々を描いた「さかなやの四季」自伝的回想録「ボラにもならず」を収録。闘いの日々を描く。

四六判／508 頁／上製／3000 円　ISBN978-4-87415-850-0 C0095

松下竜一著作集【全五巻】　新木安利／梶原得三郎編

１・かもめ来るころ【解説・山田泉】／２・出会いの嵐【解説・上野朱】／３・草の根のあかり【解説・梶原得三郎】／４・環境権の課程【解説・恒遠俊輔】／５・平和・反原発の方向【解説・渡辺ひろ子、編集後記・新木安利】

四六判／各巻平均 430 頁／上製／　４巻 3300 円、他　3000 円

価格は本体価格を表示